une île
trop loin

843.914 THO	Thor, Annika. Une île trop loin / Annika Thor. - Paris : Thierry Magnier, 2003. - 272 p. : couv. ill. en coul. ; 21 cm. - (Roman). Trad. de *En ö i havet* Guerre mondiale (1939-1945). Antisémitisme. Suède. Accueil d'enfants juifs -- Suède -- Guerre mondiale (1939-1945). Adolescents -- Psychologie -- Antisémitisme.

Titre original : *En ö i havet*

ISBN 2-84420-214-4

Loi n° 49-956 du 16 juillet 1949 sur les publications destinées à la jeunesse

Maquette : Bärbel Paulitsch

une île trop loin

Annika Thor

Traduit du suédois
par Agneta Ségol

Roman

Illustration de couverture
d'Antoine Guilloppé

EDITIONS
THIERRY
MAGNIER

Cet ouvrage a été traduit avec le concours
du Centre national du livre .

Annika Thor est née en 1950 et a grandi dans une famille juive à Göteborg. Bibliothécaire, scénariste pour le cinéma et le théâtre, elle écrit tout particulièrement pour les adolescents.

Annika Thor a reçu en l'an 2000 le prix suédois Astrid-Lindgren pour l'ensemble de son œuvre, ainsi que, en 1996, le Deutscher Jugendliteratur Preis pour *Une île trop loin.*

Autre texte d'Annika Thor traduit en français :
Le Jeu de la vérité, éd. Casterman (coll. Dix et plus), 1999.

Agneta Ségol, la traductrice, née en Suède, vit depuis de nombreuses années en Normandie. Elle a deux métiers qui la passionnent : elle enseigne la langue et la civilisation françaises aux étudiants du monde entier à l'université de Caen et elle traduit des romans pour enfants, adolescents et adultes. Selma Lagerlöf, Astrid Lindgren, Maria Gripe, Ulf Stark et Henning Mankell comptent parmi les écrivains qu'elle a traduits.

À Sara et Rebecka

1

Le train ralentit, puis s'arrête. D'un haut-parleur, une voix fait une annonce dans une langue incompréhensible.

Steffi se penche à la fenêtre. À travers la fumée de la locomotive, elle aperçoit une grande enseigne et, plus loin, un bâtiment en brique surmonté d'un toit en verre.

– On est arrivées, Steffi ? demande Nelli d'une voix inquiète. C'est ici qu'on descend ?

– Je ne sais pas. Je crois.

Steffi monte sur le siège pour atteindre le filet à bagages. Elle attrape d'abord la valise de Nelli, puis la sienne. Les cartables sont restés par terre. Il ne faut rien oublier dans le train. Elles ont pu emporter si peu de choses.

Une dame en tailleur clair et coiffée d'un chapeau surgit dans l'entrebâillement de la porte. Elle parle allemand.

– Vite, vite, leur dit-elle. On est arrivés à Göteborg. Il faut descendre.

Sans attendre de réponse, elle se dirige vers le compartiment suivant.

Steffi enfile son cartable et aide sa petite sœur à mettre le sien.

– Prends ta valise, dit-elle.

– Elle est lourde, se plaint Nelli.

Main dans la main, les deux sœurs sortent dans le couloir où les enfants se bousculent déjà pour descendre.

Le train se remet bruyamment en marche et quitte la gare, laissant derrière lui les enfants avec leurs valises. C'est la pagaille sur le quai. Quelques-uns des tout-petits pleurent. Un garçon réclame sa mère.

– Ta maman n'est pas ici, dit Steffi. Elle ne peut pas t'entendre. Tu auras une autre maman. Aussi gentille.

– Maman ! Maman ! appelle de nouveau le petit.

La dame au tailleur clair le prend dans ses bras.

– Venez, dit-elle aux autres enfants. Suivez-moi.

Ils se mettent à marcher derrière elle, en rang comme des canetons, jusque sous la grande voûte vitrée à l'intérieur de la gare. Un homme équipé d'un énorme appareil photo s'approche des enfants. Le flash provoque un éclair aveuglant. Un des petits se met à hurler.

– Arrêtez ça immédiatement ! s'écrie la dame au tailleur. Vous faites peur aux enfants.

L'homme continue à photographier sans tenir compte de sa remarque.

– Je fais seulement mon travail, madame. Vous, vous vous occupez des petits réfugiés. Moi, je fournis les images émouvantes qui apporteront un peu plus d'argent à votre association.

Il prend encore quelques clichés.

Steffi détourne le visage. Elle n'a pas envie d'être une réfugiée sur une photo émouvante dans un journal quelconque. Elle ne veut pas être quelqu'un à qui l'on se sente obligé de donner de l'argent.

La dame les conduit à l'autre bout de la grande salle d'attente où une foule de gens attend derrière une barrière. Une femme, assez âgée et avec des lunettes, avance vers eux.

– Soyez les bienvenus, dit-elle. Soyez les bienvenus en Suède. Nous, du comité d'accueil, sommes très heureux de vous accueillir chez nous. Ici, vous serez en sécurité en attendant de retrouver vos parents.

Elle parle allemand mais avec un drôle d'accent.

La dame la plus jeune sort une liste et se met à faire l'appel :

– Ruth Baumann… Stefan Fischer… Eva Goldberg…

À chaque nom, un enfant lève la main et se dirige vers la dame qui vérifie l'étiquette marron qu'il porte autour du cou. Un adulte se détache du groupe derrière la barrière, vient chercher l'enfant et l'emmène.

L'appel se fait par ordre alphabétique et Steffi en conclut que Nelli et elle en ont encore pour longtemps. Son ventre est vide et chaque muscle de son corps manifeste le besoin de se reposer. Ça fait deux jours qu'elles n'ont pas quitté le compartiment. Les kilomètres de rails de chemin de fer se sont déroulés comme un ruban entre elles et Vienne, entre elles et leurs parents. Ce ruban a maintenant été coupé. À présent elles sont seules.

Peu à peu, le groupe des enfants diminue. Nelli se serre contre Steffi.

– Ça sera quand notre tour, Steffi ? Il n'y a personne pour venir nous chercher ?

– Ils ne sont pas encore arrivés à la lettre S, explique Steffi. Il faut attendre encore un peu.

– J'ai faim, se plaint Nelli. Et je suis fatiguée.

– On n'a plus rien à manger, répond Steffi. Il faut que tu attendes d'être arrivée. Assieds-toi sur la valise si tu n'as plus la force de rester debout.

Nelli suit son conseil. Elle s'assied et appuie son menton dans ses mains. Ses grandes nattes noires touchent presque le sol.

– Tu verras, nous allons habiter dans un vrai château. Avec plein de pièces. Et vue sur la mer, dit Steffi.

– J'aurai une chambre pour moi toute seule ?

– Je crois, oui.

– Je ne veux pas, dit Nelli. Je veux habiter dans la même chambre que toi.

– Eleonore Steiner, appelle la dame.

– Réponds, chuchote Steffi. C'est toi.

– Eleonore Steiner, répète la dame. Viens !

Steffi traîne Nelli derrière elle et avance en zigzaguant entre les valises éparpillées.

– Nous voilà, dit-elle.

La dame regarde la liste.

– Stephanie Steiner ? lui demande-t-elle.

Steffi acquiesce.

– Steiner, répète la dame plus fort. Eleonore et Stephanie Steiner !

Personne, parmi ceux qui attendent, ne bouge.

– Steffi, dit Nelli d'une voix tremblante. Personne ne veut de nous ?

Steffi ne répond pas. Elle serre fort la main de Nelli. La dame avec la liste se tourne vers elles.

– Attendez un instant, dit-elle en écartant les deux filles. Je n'en ai pas pour longtemps.

La dame la plus âgée reprend la liste et continue l'appel. Finalement, tous les enfants partent. Seules Steffi et Nelli sont encore là avec leurs valises.

– On peut rentrer maintenant ? demande Nelli. On peut aller retrouver papa et maman ?

Steffi fait non de la tête. Nelli se met à pleurer.

– Chut, dit Steffi. Ne pleure pas, tu n'es pas un bébé.

La dame la plus jeune revient et explique rapidement quelque chose à la plus âgée. Elle sort un stylo et ajoute sur les étiquettes de Steffi et de Nelli : *Ces enfants ne parlent pas suédois.*

– Venez, dit-elle en se tournant vers Steffi. Je vais vous accompagner au bateau.

Steffi prend sa valise d'une main et la main de Nelli de l'autre. En silence, elles suivent la dame et quittent la gare.

2

Elles montent dans un taxi. Il n'y a pas un nuage dans le ciel et la chaleur du mois d'août est suffocante. Steffi transpire dans ses vêtements épais. En prévision de ce voyage, sa mère a fait coudre de nouveaux manteaux pour elle et pour Nelli. Elle avait entendu dire que le climat suédois était particulièrement rude, et elle a insisté pour que la couturière, Mlle Gerlach, mette des doublures chaudes.

Les manteaux sont bleu ciel et ont des cols de velours d'une nuance plus foncée. Steffi aurait été ravie de son manteau s'il n'avait pas été confectionné pour ce voyage.

La voiture s'arrête enfin et elles descendent. Des navires, grands comme des maisons, sont à quai. En comparaison, le petit bateau blanc à vapeur ballotté par les vagues au bout de la jetée ressemble à un jouet.

La dame paie le taxi, prend la main de Nelli et se dirige vers la passerelle. Steffi les suit en traînant péniblement sa grosse valise.

Elle s'arrête pour acheter les billets à un des hommes de l'équipage. Elle lui dit quelque chose en suédois en faisant un geste vers Steffi et Nelli. L'homme secoue la tête en signe de refus mais la dame continue à parlementer et il finit par acquiescer.

– Venez, dit-il en s'adressant aux filles.

Il leur indique des places à l'intérieur, à la grande déception de Nelli qui aurait voulu faire le voyage sur le pont.

– Demande-lui si on ne peut pas rester dehors, dit-elle à Steffi.

– Demande-lui toi-même.

Nelli s'assied en haussant les épaules. Lorsque le bruit sourd et régulier du moteur se fait entendre, Steffi réalise qu'elles ont oublié de dire au revoir à la dame du comité d'accueil. Elle se précipite sur le pont arrière mais la dame est déjà partie.

Le bateau quitte le quai et prend la direction du chenal. Une épaisse fumée noire sort de la cheminée et se dissipe rapidement en voiles légers.

Nelli reste assise, tassée sur elle-même comme une poupée de chiffon. Son manteau est boutonné de travers et elle a le visage sale. Steffi la nettoie avec son mouchoir.

– Le bateau va où ? demande Nelli.

– Là où nous allons vivre.

– À la station balnéaire au bord de la mer ?

– Oui.

– Raconte à quoi ça ressemble.

– La promenade qui longe la mer est bordée de palmiers, commence Steffi. Il y a de grandes plages de sable doux avec des chaises longues et des parasols multicolores. Plein de gens prennent des bains de soleil. Les enfants s'amusent dans l'eau et construisent des châteaux de sable. Des marchands ambulants vendent des glaces.

Steffi n'est jamais allée au bord de la mer. Elle en a entendu parler par Evi, sa meilleure amie, qui a fait un séjour dans une station balnéaire en Italie. À son retour, elle lui a tout décrit, dans les moindres détails. Steffi, Nelli et leurs parents avaient l'habitude de passer leurs vacances d'été dans une pension de famille sur les rives du Danube. Mais c'était dans le temps. Avant l'arrivée des nazis.

Steffi sent que quelqu'un l'observe. Elle lève les yeux et s'aperçoit que deux vieux messieurs sur le banc d'en face les regardent avec curiosité.

– Qu'est-ce qu'ils ont à nous regarder comme ça ? s'inquiète Nelli.

– C'est certainement à cause des étiquettes.

L'un des vieux fourre du tabac à mâcher sous sa lèvre supérieure. Une goutte de salive sort du coin de sa bouche et coule le long de son menton. Il dit quelque chose à son voisin en gloussant.

– On les enlève, décide Steffi, et elle glisse les étiquettes dans son sac à dos. Viens, on va dehors.

Elles sortent sur le pont avant. L'embouchure du chenal s'ouvre maintenant sur la mer. Un remorqueur tracte un navire hors du port. Ça fait drôle. On dirait que ce tout petit bateau tire le gros. Comme le ferait un petit enfant impatient de partager un secret avec sa mère. Les quais sont bordés d'entrepôts en brique rouge. D'énormes grues s'élèvent comme des cous de girafes.

Nelli passe ses doigts sur le collier en corail qu'elle porte autour du cou. Il a appartenu à sa mère qui l'avait reçu en cadeau lors de son voyage de noces en Italie. Nelli était toujours en admiration devant ces petits bâtonnets rouges et sa mère a tenu à le lui offrir avant son départ pour la Suède.

– Steffi, raconte encore, insiste-elle. Est-ce que je saurai nager en arrivant ?

– Il faudra que tu apprennes... L'après-midi, tout le monde retourne à l'hôtel pour se reposer un peu. Après le dîner, on se promène dans le parc pour écouter les orchestres qui jouent.

– On va habiter à l'hôtel ?

– Je ne sais pas. Ce n'est pas impossible que les gens qui vont nous accueillir en possèdent un.

– Dans ce cas, tout sera gratuit pour nous.

– Ou alors, ils ont une villa. Et peut-être même une plage privée.

– Tu crois qu'ils ont des enfants ?

Steffi hausse les épaules.

– J'espère qu'ils ont un chien.

– Est-ce qu'il y aura un piano ? demande Nelli pour la énième fois.

– Évidemment, assure Steffi.

Steffi sait à quel point leur piano manque à sa sœur. Elle venait de commencer à prendre des leçons quand ils ont été obligés de quitter leur grand appartement près du parc. Si maman avait pu décider, ils auraient emporté le piano quand ils ont déménagé. Mais papa s'y était opposé.

– Nous aurons déjà du mal à y mettre quatre lits, avait-il dit. Tu veux peut-être que nous dormions sur le piano ?

Le bateau quitte l'embouchure et se dirige vers le large. Des rochers et des îlots glissent lentement sur les côtés pour ensuite disparaître. Le vent se lève et de gros nuages noirs s'accumulent à l'horizon. Nelli tire Steffi par la manche de son manteau.

– Dis, Steffi, je pourrai en faire ? demande-t-elle. J'aurai le droit, tu crois ?

– De faire quoi ?

– Du piano. Dis-moi que j'aurai le droit.

– Mais oui, promet Steffi. Arrête d'en parler maintenant.

Nelli entonne une chanson, un des airs qu'elle a appris à jouer. Contrairement à Steffi, elle a hérité la belle voix de leur mère.

Le bateau contourne une pointe de terre et, n'étant plus à l'abri du vent, se met à tanguer. Steffi s'agrippe au bastingage.

– J'ai froid, se plaint Nelli.

– Entre, si tu veux.

Nelli hésite.

– Tu n'entres pas, toi ?

– Pas encore, répond Steffi.

Le pont bouge sous ses pieds. Elle a mal au cœur. Tout à coup, le ciel s'assombrit. L'orage gronde à distance. Nelli s'éloigne de quelques pas, se ravise et revient.

– Entre, toi, répète Steffi. J'arrive.

Elle serre fort le parapet et ferme les yeux. La houle fait rouler le bateau latéralement. Steffi se penche au-dessus de l'eau et vomit. Sa tête tourne et elle a la gorge qui brûle. Elle se sent très faible.

– Tu es malade ? s'inquiète Nelli.

– J'ai le mal de mer, je crois.

Steffi ferme les yeux. Ses jambes ne veulent plus la porter. Appuyée sur Nelli, elle retourne à l'intérieur, s'allonge sur une banquette et met le cartable sous sa tête en guise d'oreiller. Tout tourne autour d'elle.

Soudain, Nelli la tire par la manche et la sort brutalement de sa torpeur.

– Laisse-moi, murmure Steffi. Je veux dormir.

Mais l'insistance de Nelli l'oblige à réagir. Elle ouvre les yeux.

– Steffi ! Ça y est, on est arrivées !

Steffi met quelques instants à reprendre ses esprits alors que Nelli trépigne d'impatience. Ses joues sont rouges d'excitation et le ruban d'une de ses nattes est en train de se défaire.

– Dépêche-toi ! On est arrivées !

3

Quand Steffi sort sur le pont, l'odeur la prend à la gorge et se dresse devant elle comme un mur invisible. C'est une odeur de sel, de poisson, de pourriture. Ses nausées reviennent. Elle avale sa salive et regarde autour d'elle.

Le bateau a accosté le long d'un quai en bois où sont alignés des chalutiers blancs aux coques ventrues et aux mâts courts. Le vent siffle dans leurs gréements. Toutes sortes de petits bateaux sont amarrés un peu plus loin. Une jetée faite de gros blocs de pierre protège le port des déferlantes.

Au bord de l'eau se dressent des structures en bois. Certaines sont vides, sur d'autres sont accrochés des filets de pêche. L'une d'entre elles est recouverte d'étranges triangles blancs qui ressemblent à des chauves-souris aux ailes déployées.

Des abris à bateaux gris ou rouges bordent le quai. Derrière eux se devinent des petites maisons basses peintes en couleurs vives. Elles semblent avoir été construites à même le rocher.

Les deux sœurs attendent sur le pont du bateau le temps qu'un garçon décharge de gros sacs à l'aide d'un chariot. L'un d'entre eux se déchire et des pommes de terre se mettent à rouler sur le quai. Nelli éclate de rire en en voyant quelques-unes tomber dans l'eau, mais elle se tait immédiatement lorsqu'un homme au visage rouge insulte le garçon.

C'est maintenant leur tour de descendre. Steffi tient fermement la main de Nelli quand elles s'engagent sur la passerelle.

Une femme les attend sur le quai. Elle est vêtue d'une robe à fleurs et d'un gilet tricoté. Elle a un fichu à pois noué autour de la tête. Des boucles blondes tombent sur son front. Quand elle aperçoit les filles, son visage s'illumine.

– Eleonore… Stephanie, dit-elle avec une drôle de prononciation… Stefaniiie.

Elle se penche en avant, serre Nelli dans ses bras et l'embrasse sur la joue.

– Bonjour, dit Steffi en tendant la main. Moi, c'est Steffi.

La femme lui répond dans sa langue.

– Qu'est-ce qu'elle dit ? demande Nelli.

– Je ne sais pas. Elle parle suédois.

– Elle ne sait pas parler allemand ? Elle ne comprend pas ce qu'on dit ?

La voix de Nelli tremble.

– Non, il faut qu'on apprenne le suédois, dit Steffi.

– Steffi ? dit la femme. Steffaniiie-Steffi ?

– Oui, c'est ça. Stephanie-Steffi. Nelli, dit-elle en montrant sa petite sœur. Eleonore-Nelli.

La femme opine de la tête en souriant.

– Alma, dit-elle. Alma Lindberg. Tante Alma. Venez.

Elle emmène les deux petites filles vers un vélo appuyé contre un des abris à bateaux, attrape la valise de Nelli et l'attache sur le porte-bagages. Elle prend ensuite Nelli par la main et, tenant le vélo de l'autre, commence à marcher le long d'un chemin étroit qui monte une colline en serpentant. Steffi les suit avec sa valise.

Les maisons, serrées les unes contres les autres, semblent s'accrocher aux pentes en s'aplatissant contre le sol. Des petits jardins aux buissons trapus et aux arbres courbés les entourent. Les maisons situées près du port sont petites et basses. Celles qui se trouvent un peu plus haut sont plus grandes.

Tante Alma marche d'un pas rapide. Nelli est obligée de courir pour rester à sa hauteur. Steffi se retrouve à la traîne. Elle a la gorge sèche et un mauvais goût dans la bouche. Bien qu'elle soit déjà à plusieurs milliers de kilomètres de ses parents, elle a l'impression que chaque pas l'éloigne encore davantage de sa ville et des gens de chez elle.

Sa valise est lourde comme du plomb. Elle finit par la poser par terre et essaie de la faire avancer tantôt en la traînant tantôt en la poussant du pied.

Tante Alma se retourne et voit la petite fille peiner. Elle décide de monter également sa valise sur son vélo. Elle la pose sur la selle et fait comprendre à Steffi qu'elle doit marcher à côté pour la tenir. Ce n'est pas facile, mais au moins, elle n'a pas à la porter.

– Steffi, pleurniche Nelli. Où est la plage ? Et les kiosques à musique ?

Steffi fait semblant de ne pas entendre.

– Et s'il n'y avait pas d'hôtel ! Ni de palmiers, ni de chien, ni de piano !

La voix de Nelli est aiguë et pleine de reproches.

– Tais-toi, dit Steffi. Nous ne sommes pas encore arrivées.

Au même instant, tante Alma s'arrête devant une maison jaune avec une véranda en verre. Des fleurs rouges, jaunes et bleues poussent de part et d'autre du perron. Deux petits enfants blonds sortent en courant de la maison et se jettent dans ses bras.

– Elle a des enfants, constate Nelli avec satisfaction. Et ils sont plus petits que moi.

Elles laissent les manteaux et les valises derrière la porte et entrent dans la cuisine. Devant la table est assise une femme maigre au visage sévère. Ses cheveux poivre et sel sont attachés en un chignon rigide. Ses yeux pâles toisent Steffi et Nelli.

– Oh, les pauvrettes ! dit-elle à tante Alma. Elles sont bien chétives. Espérons qu'il y aura moyen de leur donner un aspect convenable.

– Tante Marta, dit tante Alma en indiquant la femme.

Steffi lui tend la main et fait la révérence. La main de tante Marta est dure et froide.

Tante Alma pose une corbeille remplie de brioches sur la table de la cuisine, verse du jus de fruits dans quatre verres puis prépare du café pour tante Marta et pour elle-même.

– *Brioches*, dit tante Alma en les montrant du

doigt une fois que tout le monde est attablé. *Verre. Table. Chaise. Tasse.*

Steffi et Nelli s'efforcent de répéter les syllabes étrangères. Quelques-unes ressemblent à des mots allemands, d'autres sont différentes.

– Chaise. *Stuhl*, dit Steffi.

– *Schtol*, répète tante Alma en riant.

– *Schtol, schtol*, reprennent les petits enfants ravis. Puis ils se présentent eux-mêmes en criant : Elsa ! John ! Elsa ! John !

Les deux sœurs ont le temps d'apprendre une dizaine de mots suédois avant que tante Marta ne se lève. Elle sort et revient avec le manteau de Steffi.

– Steffi ? s'inquiète Nelli. Qu'est-ce qui se passe ? Qu'est-ce qu'elle veut ?

– Je ne sais pas.

Steffi met son manteau et ferme soigneusement tous les boutons.

– Tu t'en vas, Steffi ? chuchote Nelli. Tu ne vas pas rester ici ?

Tante Marta se dirige vers la porte et donne le cartable à Steffi. Tante Alma et les enfants les accompagnent dans l'entrée.

– Ne t'en va pas ! supplie Nelli d'une voix aiguë. Je ne veux pas que tu t'en ailles !

– Calme-toi, dit Steffi. Nous sommes obligées de faire ce qu'ils nous demandent.

– Maman a dit qu'on serait ensemble. Elle a dit qu'on le lui avait promis.

– Je sais. C'est peut-être seulement pour une nuit. Ne t'inquiète pas.

Nelli serre fort Steffi dans ses bras.

– Tu reviendras demain ? demande-t-elle tristement.

– Mais bien sûr, dit Steffi sans être certaine de pouvoir tenir sa promesse.

Elle suit tante Marta.

En bas des marches du perron, elle se retourne. Elle voit que tante Alma a posé un bras autour des épaules de sa sœur.

Tante Marta passe la barrière du jardin en poussant son vélo. Une fois sur la route, elle demande à Steffi de monter sur le porte-bagages. Steffi grimpe et pose sa valise devant elle.

Steffi ne sait pas faire du vélo. C'est même la première fois qu'elle est assise sur un porte-bagages. Maman ne l'aurait jamais autorisée à circuler parmi les voitures dans les rues de Vienne. Elle s'accroche à la selle d'une main et tient la valise de l'autre. À chaque irrégularité de la chaussée, elle craint que le vélo ne se renverse.

Les maisons se font plus rares au fur et à mesure qu'elles avancent sur la route. Elles traversent un petit bois broussailleux. Le chemin zigzague entre les rochers. De la bruyère pousse par-ci par-là.

Tante Marta monte péniblement une longue côte et s'arrête à son sommet. La mer grise et infinie s'étend à perte de vue. Des nuages sombres sont entassés comme un plafond impénétrable au-dessus d'elle. Des récifs percent sa surface par endroits. Les vagues se brisent contre ces obstacles et forment une écume blanche. Tout au fond, l'horizon trace un rayon de lumière.

« Le bout du monde, se dit Steffi. C'est le bout du monde ici. »

En bas de la côte se trouve une maison. Une seule. Elle est appuyée contre un rocher comme pour se protéger du vent. Au bord de l'eau, il y a un abri rouge et un ponton où est attaché un bateau qui suit les mouvements de l'eau.

L'orage gronde sourdement. Un éclair aveuglant déchire le ciel. Tante Marta montre la maison en expliquant quelque chose en suédois. Steffi n'a pas besoin de comprendre les mots pour savoir que c'est ici qu'elle va vivre. Ici, au bout du monde.

4

Au moment où elles descendent la côte, les premières gouttes de pluie tombent sur le front de Steffi. La route se termine à l'entrée de la barrière.

Vue du haut de la colline, la maison paraissait petite. En fait, elle a deux étages et est construite sur une épaisse fondation de blocs de pierre. Un escalier mène à la porte d'entrée. Deux fenêtres, situées de part et d'autre, semblent observer la nouvelle arrivée. Les lignes droites, les surfaces nues lui donnent un caractère austère.

Tante Marta pose le vélo contre le mur et monte les marches devant Steffi.

Quand Steffi ouvrait la porte de leur appartement à Vienne, elle était accueillie par la délicate odeur du parfum de sa mère et par celle, un peu plus insistante, des cigares de son père. Après le déménagement, quand ils se sont installés dans une seule pièce et ont partagé la cuisine avec trois autres familles, c'était l'odeur du chou cuit et des lessives de couches qui a dominé. Chaque foyer a son odeur.

Chez tante Alma, ça sentait le pain qui sortait du four. Ici, ça sent les produits d'entretien.

Tante Marta lui fait faire le tour de la maison. La cuisine brille de propreté. Il y a deux cuisinières : une grande à bois avec une hotte, une autre électrique, plus moderne. La salle de séjour est meublée très simplement. Une chaise à bascule occupe un coin et sur une table, recouverte d'une nappe brodée, est posé un gros livre. Sans doute la Bible. Des rideaux en coton à rayures bleues et blanches sont accrochés aux fenêtres.

Dans une soupente en haut de l'escalier, il y a un renfoncement. Le regard de Steffi est immédiatement attiré par une banquette installée sous une fenêtre. C'est un endroit clair et chaleureux, fait pour lire ou tout simplement pour regarder dehors. Par l'entrebâillement d'une porte, elle aperçoit une chambre avec deux lits.

Tante Marta conduit Steffi vers une petite chambre mansardée. Le papier terne aux motifs marron la rend encore plus petite. Sous une minuscule fenêtre carrée sont disposées une table et une chaise en bois. Le long d'un des murs, un lit est recouvert d'un dessus-de-lit fait au crochet. À côté de la porte une commode marron à trois tiroirs, c'est tout. Aucun objet de décoration, pas de livres, pas de tableaux.

Si, au-dessus de la commode est accrochée l'image d'un homme aux cheveux longs. Il a une longue barbe et est vêtu d'une robe rose qui lui descend jusqu'aux pieds. Ses bras sont ouverts dans un geste de bénédiction. Il est entouré de rayons de lumière venant d'une source invisible.

« Jésus, se dit Steffi. Pourquoi y a-t-il une image de Jésus dans ma chambre ? Elle ne sait donc pas que je suis juive ? »

Tante Marta pose la valise sur la table et l'ouvre. Steffi se met immédiatement à la défaire. Derrière un rideau sur le palier, il y a une penderie avec de la place pour ses robes. Un autre rideau cache un lavabo.

Steffi met ses sous-vêtements et ses pulls dans les deux tiroirs supérieurs. Dans celui du bas, elle range ses livres, son journal intime et sa boîte à bijoux. Elle pose ensuite son vieux nounours sur le lit. Il y a bien longtemps qu'elle ne dort plus avec lui mais elle n'a pas réussi à le laisser à la maison en partant.

Pour finir, elle installe ses photos sur la commode. Le portrait de maman, celui de papa et une photo de toute la famille prise lors d'une sortie dans le Wienerwald. Papa est assis sur un tronc d'arbre et Steffi, qui est par terre, s'appuie contre ses jambes. Nelli est à califourchon sur le tronc et maman, debout derrière papa, a posé la main sur son épaule. Elle se penche légèrement en avant comme pour lui dire quelque chose à l'oreille.

La photo date de deux ans. À ce moment-là, ils formaient encore une famille ordinaire. Une famille qui faisait des excursions, prenait le tramway, allait au cinéma et aux concerts, partait en vacances. Depuis, les nazis ont pris le pouvoir en Autriche et ont fait de leur pays une partie de l'Allemagne. Ce qui avait été leurs droits les plus élémentaires leur est aujourd'hui interdit. À des gens comme eux. Aux Juifs.

Steffi se laisse tomber sur le lit. La fatigue cogne dans sa tête. Elle aurait aimé se coucher et dormir mais elle reste assise en attendant de nouvelles instructions. Tante Marta revient et ouvre les tiroirs de la commode pour en vérifier le contenu. Elle sort quelques vêtements et les replie consciencieusement avant de les ranger.

Lorsque Steffi se lève, tante Marta va immédiatement lisser le dessus-de-lit derrière elle. Elle lui fait ensuite signe de la suivre. Steffi descend l'escalier d'un pas hésitant. Elle avance sur un terrain inconnu qui ne lui inspire pas confiance.

Le dîner se compose de poisson poêlé et de pommes de terre à l'eau. La table de la cuisine est mise pour deux. Tante Marta invite Steffi à s'asseoir, joint ses mains et murmure quelques mots. Puis elle montre comment préparer le poisson qui regarde Steffi de son œil mort et blanc. Ça craque de façon désagréable quand elle lui coupe la tête.

Elle verse ensuite du lait dans les deux verres et tend à Steffi une coupe avec de la confiture rouge. À la maison, ils en mangent avec les crêpes. Il leur arrive aussi de mettre une cuillerée de confiture de framboises dans le thé. C'est une habitude que papa tient de grand-mère qui est née en Russie. Mais de la confiture avec le poisson ? Steffi, embarrassée, en met un peu dans son assiette et constate avec soulagement que tante Marta fait pareil.

Elle détache un morceau de chair avec sa fourchette, le met dans sa bouche, boit une gorgée de lait et avale à toute vitesse. Comme ça, elle ne sent pas trop le goût.

Si seulement elle n'avait pas cette horrible tête dans son assiette ! Elle essaie de ne pas la regarder, mais si elle détourne les yeux, elle risque d'avaler des arêtes.

Son verre de lait est presque vide. Ose-t-elle en demander d'autre ? Et comment le dire ?

Après avoir bu les dernières gouttes, elle montre la carafe du doigt.

– *Bitte ?* dit-elle.

Tante Marta remplit son verre. Steffi a du mal à finir son plat et cache quelques morceaux de poisson sous la peau posée sur le bord de son assiette. Son verre est de nouveau vide mais elle n'ose pas redemander à boire.

Tante Marta, qui a déjà terminé, se lève et va chercher une casserole d'eau chaude sur la cuisinière qu'elle verse dans l'évier. Puis elle fait signe à Steffi de s'approcher.

Avant, quand Steffi et sa famille habitaient encore dans leur grand appartement, ils avaient une femme de chambre, une cuisinière et une femme de ménage qui venait chaque semaine. Après le déménagement, maman a été obligée de s'occuper elle-même du foyer. Papa voulait que Steffi et Nelli participent aux tâches simples comme la vaisselle et la poussière, mais maman a toujours refusé.

– Je ne veux pas que mes filles soient des esclaves du ménage, disait-elle.

Si elle voyait sa fille aînée maintenant !

Une fois la vaisselle terminée, les mains de Steffi sont rouges et gonflées. Il ne lui reste plus qu'à essuyer la table avec l'éponge qui sent l'eau croupie.

Tante Marta balaie le sol et nettoie la cuisinière. Elle contrôle les assiettes, passe son doigt sur l'une d'entre elles et montre à Steffi qu'elle n'est pas propre.

Quand la cuisine est bien nette, tante Marta enlève son tablier, va dans la salle, allume la radio et s'installe sur la chaise à bascule. Steffi s'attarde un peu dans la cuisine. Si au moins la radio diffusait de la musique, elle aurait bien voulu écouter, mais elle n'entend qu'une voix d'homme qui débite des mots incompréhensibles. Comme tante Marta ne semble pas se préoccuper de ce qu'elle fait, Steffi décide de monter dans sa chambre.

5

Steffi monte sur la pointe des pieds chercher son papier à lettres dans la chambre mansardée. La veille de son départ, alors qu'ils étaient tous réunis à la maison, papa lui a offert un nouveau stylo. « Comme ça, tu pourras nous écrire de belles lettres », lui a-t-il dit quand elle a ouvert l'étui doublé de velours bleu foncé.

Elle s'installe sur la banquette dans le petit renfoncement. Le stylo à la main, elle regarde par la fenêtre.

À travers la pluie et les rafales de vent qui fouettent le carreau, elle distingue une pente caillouteuse qui descend jusqu'à l'eau. Seuls quelques genévriers noueux et quelques touffes d'herbe arrivent à y pousser. La plage est couverte de milliers de galets. Les vagues viennent s'y briser dans un bruit assourdissant qui passe même à travers la fenêtre fermée. Tout est gris – les rochers, la mer, le ciel.

Papa et maman chéris, écrit-elle. *Vous me manquez tellement. Nous sommes maintenant arrivées à l'endroit où nous allons habiter. C'est une île en pleine mer. Nous avons pris le bateau pour y arriver. Je ne sais pas combien de temps a duré le voyage parce que j'avais mal au cœur et je me suis endormie.*

Nelli et moi n'avons pas été accueillies dans la même famille. Je ne sais pas pourquoi. Nelli habite chez tante Alma qui est gentille. Elle a deux enfants. Moi, j'habite chez tante Marta qui est...

Steffi s'arrête, le stylo appuyé sur la feuille. Comment décrire tante Marta ? Elle se remémore son visage : les cheveux tirés en arrière, les rides profondes autour de la bouche, les yeux d'un gris tellement clair qu'ils semblent presque incolores.

« Des yeux de poisson », se dit Steffi en frissonnant.

...assez sévère, continue-t-elle. *Elle ne parle pas allemand. Tante Alma non plus. Je pense qu'il n'y a personne ici avec qui nous pourrons parler.*

Une larme tombe sur la feuille et efface le dernier mot.

Maman ! écrit-elle. *S'il te plaît, maman, viens nous chercher. Ici il n'y a que la mer et les rochers. Je n'arriverai pas à vivre dans cet endroit. Viens me chercher, sinon je vais mourir.*

La gorge serrée, elle pose la lettre sur la banquette. Elle ne peut plus retenir ses larmes et se précipite dans sa chambre. Elle veut se jeter sur le lit mais se souvient qu'il ne faut pas le froisser et se laisse glisser par terre.

Une fois ses sanglots calmés, Steffi se sent totalement vidée. Comme s'il n'y avait plus rien à l'intérieur d'elle. Elle va au lavabo se passer de l'eau froide sur le visage.

La lettre est restée sur la banquette. Steffi l'attrape et la relit. « *Viens nous chercher !* » Mais comment ? Ses parents ne peuvent pas venir en Suède. Ils n'ont pas d'autorisation.

Elle ne peut pas envoyer une lettre comme celle-là à ses parents. Maman serait triste et regretterait d'avoir accepté de laisser partir ses enfants. Papa serait déçu par la réaction de sa « grande fille ».

D'un geste décidé, elle froisse la feuille, cherche une corbeille à papier, mais n'en trouve pas. À côté de la fenêtre de sa chambre, il y a un trou dans le mur caché derrière une petite plaque qu'il est possible d'ouvrir grâce à une ficelle. Elle tire la ficelle et fourre la boule de papier dedans. Puis, elle s'installe bien comme il faut devant la table, prend une nouvelle feuille et se remet à écrire.

Chers papa et maman,

Nous sommes maintenant arrivées à destination. C'est une île en pleine mer. Nous avons pris le bateau pour y arriver. C'était très intéressant. Ma chambre, qui se trouve au premier étage de la maison, a vue sur la mer. Tout le monde est gentil avec nous. Nous avons déjà appris un peu de suédois. Ce n'est pas très difficile.

J'espère que vous aurez bientôt une autorisation pour aller en Amérique. Nous pourrons alors de nouveau nous retrouver tous les quatre. En attendant, Nelli et moi sommes très bien ici. Il y a même un chien. Il est blanc et marron. Nous avons le droit de jouer avec lui autant que nous le voulons. Je vous écrirai bientôt de nouveau pour continuer à vous tenir au courant.

Votre Steffi.

Elle glisse la lettre dans une enveloppe. Il ne reste plus qu'à trouver un timbre.

Tante Marta est assise dans la cuisine devant une tasse à café à moitié vide. Steffi lui montre l'enveloppe.

– Timbre, essaie-t-elle de dire. J'ai besoin d'un timbre.

Elle met son doigt sur l'enveloppe à l'endroit où il faut le coller. Tante Marta hoche la tête et dit quelque chose en suédois. Steffi a l'impression d'entendre le mot « poste ». Peut-être faut-il aller à la poste pour acheter un timbre. Oui, ça doit être ça.

– Café ? demande tante Marta en indiquant sa tasse.

Steffi fait non de la tête. Ce sont les adultes qui boivent du café.

Tante Marta va dans le garde-manger et sort la carafe de lait. Elle mime ensuite l'action de boire. Steffi acquiesce en souriant. Ça fait drôle de la voir chercher à se faire comprendre. « Nous sommes deux sourdes-muettes, se dit-elle. Deux sourdes-muettes enfermées chacune dans sa langue. »

Quand Steffi a bu son verre de lait, tante Marta penche sa tête sur le côté en l'appuyant contre ses deux mains et en fermant les yeux. Steffi lui fait signe qu'elle a compris. Oui, elle a très sommeil.

– Bonne nuit, dit-elle et elle monte se coucher.

Elle enfile sa longue chemise de nuit en pilou, fait sa toilette et plie ensuite soigneusement le dessus-de-lit. Ses vêtements sont déjà rangés sur la chaise.

Quel plaisir de se glisser sous la couverture, même si les draps ne sentent pas comme à la maison.

Elle plonge son nez dans la fourrure douce de son nounours et respire l'odeur familière.

Malgré sa fatigue, elle n'arrive pas à trouver le sommeil. Elle écoute la pluie qui tambourine sur le toit. Au bout d'un moment, elle se lève sans faire de bruit et va regarder par la fenêtre. L'obscurité est totale. Il n'y a pas un seul réverbère. « Quand tu auras douze ans, tu auras ta propre chambre », lui disaient souvent ses parents quand ils habitaient encore dans le grand appartement. À présent, elle a douze ans et elle a sa propre chambre. Mais pas dans la bonne maison et pas dans le bon pays.

Steffi sent petit à petit son corps s'engourdir et elle sombre bientôt dans une douce obscurité. Elle est presque endormie quand la porte s'entrouvre. Elle entend des pas s'approcher de son lit mais elle garde les yeux clos. Rapidement, comme dans un rêve, elle sent une main lui effleurer la joue. L'instant d'après, la porte est déjà refermée.

6

Steffi essaie de rester encore un instant blottie dans son sommeil en serrant fortement les paupières, mais elle n'y arrive pas.

Quelques rayons de soleil se faufilent entre les deux pans du rideau. Des bruits de pas et d'agitation matinale s'échappent de la cuisine. Le jour se lève. C'est sa première matinée sur l'île. La première de combien ?

« Il s'agit de six mois au grand maximum, avait dit papa quand ils attendaient à la gare de Ostbahnhof à Vienne. Juste quelques mois, ensuite nous aurons notre autorisation et nous nous retrouverons à Amsterdam pour aller tous ensemble en Amérique. »

Elle tourne la tête pour regarder les photos sur la commode. Maman sourit mais papa a l'air sérieux derrière ses lunettes. Elle s'assied dans son lit, les jambes repliées sous la couverture.

– Papa et maman, ne vous inquiétez pas, dit-elle à voix haute. Je suis grande maintenant. Je vais m'occuper de Nelli.

Steffi fait sa toilette, s'habille et se coiffe devant la petite glace dans la minuscule salle d'eau. Ses cheveux sont pleins de nœuds et elle a du mal à les démêler. En fait, elle ne s'est pas coiffée depuis avant-hier matin, avant de partir à la gare.

Quand Steffi et Nelli se plaignaient de leurs cheveux longs, maman leur disait toujours que ça valait la peine de faire un effort pour les garder.

– Vos cheveux sont si beaux. Ça serait dommage de les faire couper.

Elle observe son image dans la glace. Elle voit un visage fin aux yeux marron et à la bouche large. Ses cheveux noirs lui descendent jusqu'à la taille. Elle se fait une raie au milieu et tresse ensuite deux belles nattes.

– Bonjour, dit-elle en entrant dans la cuisine.

Tante Marta lui répond par un mot qui veut probablement dire la même chose.

Son petit déjeuner consiste en une bouillie de flocons d'avoine servie avec du lait. La bouillie est épaisse et collante mais Steffi a faim et vide son assiette. Tante Marta, l'air satisfait, lui sert une deuxième ration.

Le téléphone sonne. Tante Marta décroche et parle un bon moment avant de se tourner vers Steffi.

– Nelli, dit-elle en faisant un geste vers la fenêtre. Toi… Nelli !

Steffi lâche sa cuillère. Est-il arrivé quelque chose à Nelli ? Est-elle malade ? A-t-elle eu un accident ? Elle essaie de se faire expliquer ce qui s'est passé mais tante Marta ne comprend pas ses questions. Elle accompagne Steffi dehors et lui montre le vélo.

« Après tout, ce n'est peut-être pas si difficile que ça d'en faire », pense Steffi.

Elle sort sur la route, tient solidement le guidon des deux mains et met un pied sur une des pédales. Elle soulève ensuite l'autre pied mais perd l'équilibre et est obligée de reprendre appui par terre. Elle recommence. La quatrième fois, elle réussit à faire le tour complet du pédalier avant que le vélo ne se renverse. Elle tombe et s'écorche le genou qui se met à saigner. Découragée, elle abandonne et décide de partir à pied.

Il faut faire vite. Elle monte la côte en courant, elle passe entre les rochers et à travers le petit bois. Le chemin est bien plus long qu'hier lorsqu'elle l'a fait dans le sens inverse perchée sur le porte-bagages. Quand elle arrive enfin devant la maison jaune, elle est essoufflée et a un point de côté. Elle frappe à la porte.

Tante Alma ouvre et la prend par la main. Nelli, en chemise de nuit, est assise dans la cuisine les yeux rouges à force de pleurer. Elle se jette dans les bras de sa sœur.

– Steffi, Steffi, sanglote-t-elle. Je veux rentrer à la maison ! Je veux être avec maman !

– Qu'est-ce que tu as ? demande Steffi sur un ton pas très aimable.

Nelli pleure de plus belle.

« Occupe-toi de ta petite sœur, avait dit maman avant leur départ. Console-la si elle est triste. Toi qui es grande. »

– Il s'est passé quelque chose ? demande Steffi en s'efforçant d'avoir l'air gentil.

Nelli fait oui de la tête.
– Quoi donc ?
– Ce n'est pas ma faute, murmure Nelli.
– Dis-moi ce que c'est.
– J'ai fait pipi au lit.
– Quoi ? s'exclame Steffi.
Ça fait au moins cinq ans que Nelli ne fait plus pipi au lit.
– Je n'ai pas pu me retenir. J'ai essayé, mais je n'ai pas pu. J'avais trop envie.
– Tu dormais ?
Nelli fait non de la tête.
– Tu étais réveillée. Mais alors, pourquoi n'es-tu pas allée aux toilettes ?
– Parce qu'il n'y en a pas. Il faut sortir. Il y a une petite maison spéciale dans le jardin. Et ça sent mauvais.
– C'est pour ça que tu n'y es pas allée ?
Nelli secoue la tête encore une fois.
– Non, ce n'est pas pour ça, murmure-t-elle.
– Alors, pourquoi ?
– Je n'ai pas osé. Il faisait tout noir et j'avais peur qu'ils viennent me chercher.
– Qui ça ? demande Steffi en sachant très bien ce que sa sœur veut dire.
– Les policiers, dit Nelli tout bas. Les nazis.
– Écoute-moi, nous sommes en Suède maintenant. Il n'y a pas de nazis ici. En Suède, les policiers ne vont pas chercher les gens la nuit. Tu n'avais pas compris ça ? C'est justement pour ça que nous avons fait ce voyage.
– Si. Mais je l'oublie quand il fait noir.

Steffi passe un bon moment à essayer d'expliquer à tante Alma que Nelli a peur de sortir la nuit. Visiblement, tante Alma a compris. Elle apporte un pot de chambre en porcelaine qu'elle glisse sous son lit. Puis elle nettoie le genou de Steffi avec un liquide qui pique et lui met un pansement.

Pendant ce temps, Nelli s'habille et met son collier de corail. Tante Alma lui jette un regard désapprobateur et le lui enlève. En voyant que la petite fille est de nouveau sur le point de fondre en larmes, elle accroche le collier avec sa plus belle robe sur un cintre pour lui faire comprendre que les deux vont ensemble. Mais il faut les réserver pour les grandes occasions.

Aujourd'hui, le ciel est plus clair et il fait assez chaud. Steffi et Nelli vont dehors avec les enfants de tante Alma. Elsa et Nelli s'installent devant la table du jardin pour jouer avec un baigneur. Elles le lavent, l'habillent, le déshabillent. John veut jouer au ballon avec Steffi, mais il le rate chaque fois que c'est à lui de l'attraper.

Quelques filles de l'âge de Steffi passent sur la route. Elles sont à vélo et ont des maillots de bain accrochés sur les guidons. Arrivées à la barrière, elles s'arrêtent et regardent Steffi et Nelli. Une grande fille blonde dit quelque chose aux autres qui éclatent de rire.

« Comme si on était des singes dans un zoo », pense Steffi.

– Qu'est-ce qu'elles ont ? s'inquiète Nelli. Elles nous veulent du mal ?

– Non, rétorque Steffi. Elles sont bêtes mais pas dangereuses.

Une fille aux cheveux cuivrés essaie de parler avec Steffi. Voyant qu'elle ne comprend pas, elle lui fait un large sourire. Elle semble gentille.

La blonde remonte bientôt sur son vélo et les autres font de même. Steffi et Nelli les regardent descendre la côte, leurs maillots aux couleurs vives flottant au vent.

– Elles vont à la plage, constate Nelli. Elles vont se baigner. Moi aussi, je veux me baigner.

– Ce n'est pas possible, explique Steffi en jouant son rôle de grande sœur, on n'a pas de maillot.

Cela faisait longtemps qu'elles ne pouvaient plus aller se baigner à Vienne. À cause du panneau sur lequel était écrit : *Interdit aux Juifs*. Quand maman a sorti leurs maillots de bain pour préparer le voyage, elle a constaté qu'ils étaient devenus trop petits.

Steffi voit tante Marta sur la route. Elle a un grand sac accroché sur le guidon de son vélo et elle tient la lettre de Steffi dans la main.

« Elle va à la poste », pense Steffi et elle décide de l'accompagner pour vérifier de ses propres yeux que la lettre sera bien envoyée.

– Attends-moi ici, dit-elle à Nelli. Je reviens tout de suite.

La poste se trouve dans le même bâtiment que l'épicerie. C'est une grande construction carrée à la toiture plate. Tante Marta s'adresse à la dame derrière le guichet et lui demande un timbre.

– C'est pour Vienne, explique-t-elle. En Autriche.

– Dans l'État allemand, précise la dame. Ça fait

30 öre. Vous avez des amis à l'étranger, madame Jansson ?

– Non, c'est la petite qui l'envoie. À ses parents.

La dame toise Steffi du regard.

– Et qui est cette petite ?

– Une petite Juive, répond tante Marta. En ce moment, la vie est difficile là-bas. C'est pour ça que Evert et moi avons décidé de l'accueillir. En attendant que ses parents puissent voyager. Ils veulent aller en Amérique, je crois.

– Pauvre petite, dit la dame. Seule au monde.

– Elle est mieux ici que là-bas, fait tante Marta d'une voix sèche. D'ailleurs, elle a sa sœur avec elle.

– Quelle époque nous vivons ! Vous croyez, vous, qu'on aura la guerre ?

– L'homme propose, Dieu dispose, dit tante Marta en sortant des pièces de son porte-monnaie. Merci beaucoup.

Elles vont ensuite à l'épicerie. Steffi reconnaît le monsieur derrière le comptoir. C'est l'homme qu'elle a vu disputer le garçon sur le quai la veille. Pendant qu'il sert tante Marta, il n'arrête pas de regarder Steffi. Quelque chose dans ses yeux la met mal à l'aise.

Lorsqu'elles s'apprêtent à partir, une fille entre dans le magasin. C'est la blonde qui faisait rire ses amies tout à l'heure. Ses cheveux sont maintenant mouillés et elle a une serviette de bain autour de ses épaules. Elle passe derrière le comptoir et, sans demander la permission, se met à remplir une pochette de bonbons. De toute évidence, elle n'a pas l'intention de payer.

L'épicier sourit et lui caresse la joue. La fille fourre un gros caramel dans sa bouche et mâche bruyamment en se dirigeant vers la sortie. Elle ne quitte pas Steffi des yeux jusqu'à ce que la porte se referme derrière elle. Quand Steffi sort à son tour, elle voit la fille disparaître sur son vélo bleu.

7

Nelli attend le retour de Steffi et de tante Marta devant la barrière. Dès qu'elle les voit arriver, elle crie :

– Steffi ! Steffi ! On va pouvoir se baigner !

Ses yeux brillent et elle a l'air tout émoustillée.

– On n'a pas de maillot, fait remarquer Steffi.

– Ah oui ? ! s'exclame Nelli en brandissant triomphalement un maillot qu'elle avait caché derrière son dos. Regarde !

– Il vient d'où ?

– De tante Alma. Tante Marta t'en donnera forcément un, à toi aussi. Tu ne crois pas ? Mais d'abord il faut manger. C'est tante Alma qui l'a dit.

– Tu ne comprends pas le suédois.

– Mais si ! Je comprends quand c'est elle qui parle.

Après une petite discussion entre les deux femmes par-dessus la grille, tante Marta remonte sur son vélo. Tante Alma, un sourire aux lèvres, montre le maillot de Nelli en faisant un signe à Steffi.

– Tu vois bien, dit Nelli pleine de confiance. Tu en auras un, toi aussi.

Le maillot de Nelli est jaune et brillant. Steffi espère que le sien sera du même genre, rouge de préférence.

Elles mangent des tartines au fromage et boivent du lait dans la cuisine de tante Alma. Les petits sont excités et John renverse son gobelet sur la table. Sans se fâcher, tante Alma essuie et le remplit de nouveau.

Un peu plus tard, tante Marta apparaît sur le pas de la porte, une serviette à la main. Elle tend quelque chose de noir à Steffi. C'est un maillot de bain. Un vieux maillot de femme en grosse laine noire.

Steffi le regarde avec horreur. Le tissu est si vieux qu'il a des reflets verts. Tante Alma lui fait un sourire encourageant. Tante Marta a l'air d'attendre quelque chose.

– *Danke schön*, murmure Steffi en faisant un sourire crispé. Merci beaucoup.

– Steffi, chuchote Nelli. C'est un maillot de bain, ça ? C'est celui que tu vas mettre ?

– Tais-toi, siffle Steffi entre ses dents. Encore un mot et je te pincerai si fort que tu passeras par toutes les couleurs.

Nelly se tait immédiatement. Tante Alma a ramassé les affaires de bain et attend à la porte. Il n'y a rien d'autre à faire qu'à la suivre.

Elles empruntent un sentier qui conduit à une petite plage. Tante Alma donne la main à son fils. Nelli et Elsa sautillent autour. Elles font la course et se bousculent en riant.

Steffi reste un peu en retrait. Elle tient l'affreux

maillot entre le pouce et l'index pour éviter tout contact avec le tissu. Arrivée au bout du sentier, elle aperçoit quelques vélos négligemment posés. Elle enroule le maillot dans sa serviette.

La petite plage de sable est étroite et pleine de cailloux. Il n'y a pas de transats, pas de parasols, pas de marchand de glaces. Une jeune femme, entourée de trois petits enfants, est assise sur un drap de bain. À part eux, la plage est vide. Un peu plus loin, un groupe de jeunes se baigne devant les rochers. Steffi distingue, parmi eux, une fille dont les cheveux roux brillent au soleil.

Tante Alma étale sa serviette. Elle s'assied et défait quelques boutons de son chemisier avant d'aider son fils à se changer. Nelli et Elsa se déshabillent et enfilent leurs maillots à toute vitesse. Elles se précipitent dans l'eau et s'éclaboussent un bon moment. Puis elles s'allongent sur le ventre, les mains posées dans le fond, et font semblant de nager.

Steffi s'installe à côté de tante Alma. Au bout d'un moment, celle-ci lui tend le maillot en lui jetant un regard interrogateur.

– Non ! Steffi secoue la tête. Je ne veux pas me baigner.

Tante Alma parle et fait des gestes. Elle essaie de nouveau de convaincre Steffi qui continue à refuser. Tante Alma finit par se résigner. Elle enlève ses chaussures et ses chaussettes, prend John par la main et entre prudemment dans l'eau.

Les voix des jeunes s'entendent jusqu'à la petite plage. Ils plongent des rochers. Ils rient et se bousculent pour être les premiers à sauter. Les filles que Steffi a vues ce matin devant la maison jaune sont également là. Il y a aussi quelques garçons. La blonde porte un maillot blanc avec un nœud rouge dans le dos. Celui de la fille rousse est vert.

Nelli arrive en courant. Elle s'ébroue comme un chien mouillé et éclabousse tout le monde avec ses nattes trempées.

– Elle est bonne, Steffi, crie-t-elle. Tu ne viens pas te baigner ?

– Non ! dit Steffi.

– Pourquoi ?

– Ça ne te regarde pas.

– Viens, insiste Nelli. Je veux qu'on se baigne ensemble.

– Pour rien au monde je ne mettrai ce maillot horrible !

– Ah bon ? Dans ce cas tu ne pourras pas te baigner, constate Nelli tranquillement. Moi, j'ai l'intention de passer la journée ici.

Elle est là, l'air réjoui, dans son maillot jaune.

Sans que Steffi mesure son geste, elle lance une poignée de sable sur sa sœur. Juste sur ses jambes, mais Nelli éclate en sanglots. Tante Alma accourt et saisit brutalement Steffi par l'épaule. Puis elle console Nelli et l'emmène jusqu'à l'eau pour l'aider à se nettoyer.

Il fait chaud en plein soleil et Steffi transpire abondamment. Si elle ne s'était pas disputée avec sa sœur, elle aurait au moins pu se déchausser et aller se rafraîchir les pieds. Mais vu la situation, elle reste là pendant que Nelli et Elsa ramassent des coquillages. Sa serviette forme une petite île à part où elle est totalement isolée.

Les jeunes sortent maintenant de l'eau. Les filles gloussent et se cachent à tour de rôle derrière les serviettes pour se changer tandis que les garçons leur tournent autour en les taquinant.

Steffi détourne la tête quand ils traversent la plage pour aller récupérer leurs vélos. Si elle ne prête pas attention à eux, ils passeront peut-être sans s'arrêter. Elle creuse avec sa main dans le sable et garde la tête baissée. Du coin de l'œil, elle voit la fille rousse se retourner et lui faire un signe de la main.

Quand Steffi revient à la maison, tante Marta lui indique le fil à linge qui est tendu entre la maison et un poteau dans un coin du jardin. Steffi s'apprête à lui montrer que le maillot n'est pas mouillé mais elle se ravise et fait ce qu'on lui demande.

À côté de la remise à bois, il y a une pompe à eau. Steffi l'actionne et tient le maillot en dessous. Tante Marta ne s'apercevra de rien.

8

Leur première semaine sur l'île est très ensoleillée.

Tous les jours, Steffi va à pied jusqu'à la maison jaune.

Tous les jours, tante Alma emmène les enfants à la petite plage.

Tous les jours, Steffi reste sur la serviette pendant que Nelli et les petits s'amusent dans l'eau.

Tante Alma doit certainement penser que Steffi ne sait pas nager et qu'elle en a honte. Toujours est-il qu'elle n'insiste plus pour qu'elle mette son maillot.

Un matin, Steffi se réveille et s'aperçoit avec soulagement que le temps est gris et venteux. Elle enfile un gilet avant de parcourir le trajet habituel. Tante Marta la regarde l'air interrogateur.

– Trop froid. Aujourd'hui pas baigner, dit Steffi. Nelli… mais son suédois ne lui permet pas d'exprimer la suite.

Tante Marta conduit Steffi dans la salle. Elle lui montre le cadran de la pendule et met le doigt sur le trois.

– Rentrer. Trois heures.

Steffi fait oui de la tête. Trois heures.

– Evert, dit tante Marta. Père. Rentrer.

Steffi fait semblant de comprendre. C'est plus simple ainsi.

Dans la maison jaune, Nelli et les petits sont installés autour de la table de la cuisine et dessinent. Tante Alma prépare une pâte à tarte. Elle a toujours une activité en cours, toujours dans la bonne humeur. Tante Marta s'occupe de son intérieur avec rigueur et application alors que les louches et les torchons dansent entre les mains de tante Alma, comme s'ils faisaient seuls le travail.

Nelli lève les yeux et regarde sa sœur.

– On ne va pas se baigner aujourd'hui.

– Tant mieux, répond Steffi.

À son tour, Steffi prend un papier et un crayon. Elle dessine un visage de fille aux grands yeux et aux cheveux bouclés. Elle travaille longuement la bouche pour lui donner une belle forme. Elle l'efface plusieurs fois avant d'être satisfaite du résultat. La fille a l'air triste. Elle est belle et triste. Un peu comme Evi, sa meilleure amie à Vienne.

Elsa, qui ne sait faire que des princesses en robe rose et aux grands cheveux blonds, est en admiration devant le dessin de Steffi.

Steffi se lève et regarde par-dessus l'épaule de Nelli. Son dessin représente deux personnes agenouillées sur un trottoir. Un homme en uniforme se tient à côté d'elles. Il les vise avec un pistolet. Derrière eux, dans un carré, est écrit JUIFS en grosses lettres rouges.

Steffi comprend immédiatement. Elle aussi a vu

cette scène. C'était juste après l'arrivée des Allemands à Vienne il y a presque un an et demi.

Elles revenaient du parc. Par terre, devant le magasin de fourrure où maman achetait ses manteaux, se trouvaient le fourreur et sa femme. Ils étaient à genoux en train de frotter le trottoir avec une brosse. Un homme en uniforme armé d'un pistolet les surveillait. Il y avait une foule autour du vieux couple mais personne ne cherchait à les aider. Bien au contraire. Les gens riaient et se moquaient d'eux. Quelqu'un avait tracé le mot JUIFS sur la vitrine du magasin en grandes lettres rouges.

– Ne dessine pas des choses comme ça.

Steffi prend la feuille et la chiffonne.

– Pourquoi tu fais ça ? proteste Nelli.

– Pour que tu fasses un joli dessin que tu pourras offrir à tante Alma.

Mais Nelli ne veut plus dessiner.

– Viens, je vais te montrer quelque chose, dit-elle en entraînant Steffi dans le salon.

Celui-ci est meublé d'un vieux canapé au dossier bien droit, d'un guéridon recouvert d'un napperon au crochet et de quelques chaises aux sièges rembourrés. Il y a aussi un petit orgue blanc et c'est ça que Nelli veut montrer à sa sœur.

– Un piano, dit-elle. Il y a un piano.

– Ce n'est pas un piano, c'est un orgue, rectifie Steffi. Comme à l'école, tu sais.

– C'est presque pareil, dit Nelli en grimpant sur le tabouret. J'ai le droit d'en jouer. Tante Alma m'a donné la permission.

Ses petites jambes ont du mal à atteindre les pédales.

Steffi en profite pour visiter la pièce. Dans une vitrine pleine de bibelots, elle voit un petit coffret recouvert de coquillages, un panier tressé en porcelaine surmonté de boutons de rose, un berger et une bergère et, surtout, un adorable petit chien en faïence. Il est blanc et marron. Sa truffe n'est pas noire mais dorée. Il a un collier bleu autour du cou et il penche légèrement la tête.

– Nelli ! appelle tante Alma de la cuisine.

Nelli s'interrompt et quitte la salle mais Steffi s'attarde pour admirer le petit chien. Il est si mignon. Elle aimerait tant le tenir dans sa main. Juste un peu. Elle tourne la clé, ouvre la porte et le sort prudemment. La faïence est lisse et douce dans sa paume. Elle le tourne et le retourne en le caressant doucement.

– Mimi, lui dit-elle tout bas. Tu t'appelleras Mimi.

– Steffi !

La voix de tante Alma vient maintenant de l'embrasure de la porte.

Sans réfléchir, elle glisse rapidement le petit chien dans la poche de sa robe tout en repoussant la porte de la vitrine avec son coude.

Tante Alma a préparé le goûter mais Steffi mange très peu. Elle est mal à l'aise et n'ose pas accepter quand tante Alma lui propose de se resservir.

– Je… je n'ai pas faim, dit-elle dans un suédois mal assuré.

Elle tient fermement le petit chien dans sa poche, bien décidée à le remettre à sa place dès que l'occasion se présentera.

Après le goûter, tante Alma envoie les enfants jouer dans le jardin. Elle veut être tranquille pour faire le ménage.

Le petit chien brûle dans la poche de Steffi. Elle ne le lâche pas une seconde de peur qu'il ne se casse. Pour ne pas risquer de le cogner, elle reste sagement assise sur le banc en attendant que tante Alma les autorise à retourner dans la maison. Elle espère alors pouvoir s'introduire dans le salon.

À travers la fenêtre ouverte, Steffi entend la pendule sonner. Un, deux, trois coups. Il est déjà trois heures. Il faut qu'elle rentre.

– Je m'en vais, dit-elle à Nelli.

Mimi l'accompagnera jusqu'à la maison du bout du monde. Demain, elle le remettra dans la vitrine.

9

Steffi rentre aussi vite qu'elle peut. Au moment où elle ouvre la porte, la pendule sonne. Un coup. Il est trois heures et quart.

Tante Marta sort de la cuisine pour venir à sa rencontre. Bien que Steffi soit en retard, elle n'a pas l'air fâché. Elle semble presque joyeuse.

– Viens, dit-elle en la conduisant vers la salle.

Un homme est assis sur la chaise à bascule. Quand il voit Steffi, il se lève et s'approche d'elle. Il est vêtu d'un pantalon bleu et d'un tricot. Son visage est buriné. Il lui tend une grande main chaude et calleuse. Une légère odeur de poisson émane de ses vêtements.

– Voici oncle Evert, dit tante Marta.

– Steffi.

– Sois la bienvenue chez nous, dit l'homme avec gentillesse.

– Merci.

– Mais elle a compris ! Tu as entendu, Marta, elle comprend !

– Un peu, oui, dit tante Marta en se dirigeant vers la cuisine pour préparer le repas du soir.

Oncle Evert reprend sa place. Steffi s'assied en face de lui. Ils se regardent. Oncle Evert a les yeux d'un bleu intense. Steffi a l'impression qu'il voit loin, à travers elle, vers le monde. Comme si ça faisait tellement longtemps qu'il observait la mer que celle-ci avait fini par pénétrer au fond de ses yeux.

Oncle Evert rompt finalement le silence. Il s'exprime lentement, en cherchant ses mots.

– *Ich... Fischer.* Il fait un geste vers la mer. *Fahren weit... mit Boot.*

Toute surprise, Steffi fait oui de la tête. Elle a compris. Bien que l'allemand d'oncle Evert soit presque encore plus mauvais que son suédois, elle a compris qu'il était pêcheur et qu'il partait loin en mer avec son bateau.

À tâtons, ils commencent à se parler dans un mélange de suédois, d'allemand et de langue des signes. Steffi raconte que son père est médecin et que sa mère était chanteuse d'opéra avant de se marier. Oncle Evert explique qu'il était marin quand il était jeune et que c'est à cette époque-là qu'il a appris un peu d'allemand.

– Hambourg, dit-il. Le port de Brême. Amsterdam.

Steffi comprend qu'il travaillait à bord d'un bateau qui desservait les ports de l'Allemagne du Nord et de la Hollande. C'est la première fois depuis son arrivée sur l'île qu'elle parle avec quelqu'un d'autre que Nelli. Elle aimerait passer l'après-midi à discuter.

– Evert, appelle tante Marta de la cuisine. On ne va pas tarder à passer à table.

Oncle Evert se lève.

– Laver… *waschen*… dit-il en montrant de la main ses vêtements de travail.

Il monte l'escalier. Steffi va dans la cuisine pour mettre la table. Trois assiettes, trois verres, trois fourchettes et trois couteaux, au lieu de deux, comme les jours précédents.

Elle sent quelque chose de dur contre sa cuisse gauche. Le chien en faïence ! Elle l'avait complètement oublié. Pourvu qu'il ne se casse pas ! Pourvu que tante Marta ne s'aperçoive pas que sa poche est déformée et surtout, pourvu qu'elle ne demande pas ce qu'il y a dedans ! Il faut trouver un endroit sûr pour le cacher. Quand elle entend qu'oncle Evert a fini sa toilette et qu'il est entré dans sa chambre, elle tend ses mains vers tante Marta et dit comme lui :

– Laver…

Tante Marta approuve d'un signe de tête. Steffi monte l'escalier quatre à quatre. Elle enroule Mimi dans un mouchoir, ouvre le tiroir du bas de sa commode et le cache derrière ses autres trésors. Puis elle se lave les mains à toute vitesse.

Oncle Evert et elle se recueillent en écoutant la prière de tante Marta.

– Bénissez-nous, Seigneur, et bénissez notre repas.

– Amen, disent oncle Evert et Steffi.

Tante Marta parle de la pêche avec oncle Evert, puis elle lui raconte ce qui s'est passé sur l'île pendant son absence. Steffi repère un mot par-ci par-là. Elle reste silencieuse, retournant le morceau de morue dans son assiette. Elle retire la peau grise et visqueuse du poisson et écrase la chair avec la pomme de terre et la sauce. Le résultat est une bouillie pas très appétissante.

Comme d'habitude, elle fait passer chaque bouchée avec une gorgée de lait. Comme d'habitude, son verre est vide bien avant son assiette. Elle voudrait dire la phrase qu'Elsa a prononcée il y a quelques heures et répète les mots dans sa tête avant de les prononcer :

– Est-ce que je pourrais avoir du lait ?

– Ça alors… s'exclame oncle Evert. La petite parle suédois couramment.

– Elle apprend vite, concède tante Marta. C'est bien.

Elle tend la carafe de lait à Steffi. Oncle Evert lui fait un sourire encourageant.

– Bientôt tu parleras le suédois comme nous, dit-il. Et alors, tu pourras aller à l'école.

Steffi n'est pas très sûre du sens de la phrase, mais elle comprend « école ».

– Oui, dit-elle. École.

Elle pense à son école à Vienne où elle était si heureuse. Elle était la première de sa classe et son travail était régulièrement récompensé par des étoiles dorées collées dans ses cahiers. Elle pense aussi à sa maîtresse qui l'aimait bien – c'est du moins ce qu'elle avait cru jusqu'à ce jour du mois de mars l'année dernière…

Le lendemain de l'arrivée des Allemands à Vienne, la professeur principale s'était présentée à l'école une croix gammée épinglée à son tailleur.

Elle avait salué les enfants avec un « *Heil Hitler* » au lieu du « Bonjour, les enfants » habituel.

– *Heil Hitler*, avaient répondu quelques-uns des enfants en tendant un bras devant eux.

Mais la majorité avaient regardé leur maîtresse sans comprendre ce qu'elle voulait qu'ils fassent.

Pourtant ils ont vite appris. À partir de ce jour-là, c'est ainsi qu'il a fallu saluer à l'école.

– Les enfants juifs, par contre, n'ont pas le droit de faire le salut hitlérien, avait dit la maîtresse en survolant la salle d'un regard sévère.

Ils devaient donc se mettre à l'écart, au fond de la classe, pour permettre à la maîtresse de vérifier que tous les enfants respectaient bien le nouveau règlement.

Un murmure hésitant s'était fait entendre. Qu'est-ce que cela signifiait ? Était-elle sérieuse ?

– Eh bien, avait dit la maîtresse, vous avez entendu ce que je viens de dire ?

Irène, la déléguée de classe, s'était alors levée. Elle avait pris ses livres, avait quitté sa place au premier rang et était allée s'asseoir à une table vide dans un coin au fond de la salle. Quelques-uns des enfants l'avaient suivie. Mais Steffi et Evi n'avaient pas bougé. Elles étaient restées à leurs places devant la table du professeur.

– Steffi ! avait dit la maîtresse d'une voix dure. C'est valable pour toi aussi. Et également pour Evi.

– Je ne suis pas juive ! s'était alors écriée Evi. Ma mère est catholique !

– Cela n'a aucune importance, avait répondu la maîtresse froidement. Va rejoindre les autres.

Evi s'était levée et avait quitté la salle en claquant la porte. Personne n'avait rien dit.

– Eh bien, Steffi ? J'attends, avait-elle poursuivi en la fixant du regard.

Steffi avait ramassé ses livres et était allée s'asseoir à une table vide au dernier rang. Sans un commentaire, la maîtresse avait pris une craie et s'était mise à écrire un problème de maths au tableau.

– À quoi penses-tu ? demande oncle Evert.

– Il ne faut pas jouer avec la nourriture, dit en même temps tante Marta.

Steffi reprend ses esprits. Elle s'aperçoit que, sans s'en rendre compte, elle a fait un dessin dans son assiette. Une étoile. Comme les étoiles dorées que sa maîtresse avait collées dans son cahier d'exercices. Comme l'étoile de David qui signifie JUIF. Elle l'efface rapidement et se remet à manger.

10

Oncle Evert passe seulement deux jours à la maison. Quand il repart, Steffi l'accompagne jusqu'au port. Ils sont six pêcheurs sur son bateau qui porte un joli nom, *Diana*. Le plus jeune, Per-Erik, a seulement quelques années de plus qu'elle. Il lui serre la main mais il n'ose pas croiser son regard et fixe un point à côté de son visage. Sigurd, le mari de tante Alma, fait aussi partie de l'équipage.

Après le départ d'oncle Evert, tout redevient comme avant. Steffi déjeune avec tante Marta, puis débarrasse la table et fait la vaisselle. Ensuite, elle passe la journée avec Nelli jusqu'à l'heure du dîner où elle retourne à la maison du bout du monde. Après le dîner, elle fait de nouveau la vaisselle et participe aux différentes tâches ménagères. Le soir, elle reste dans sa chambre ou bien dans le petit renfoncement à écrire des lettres ou à rédiger son journal.

Elle fait un trait pour chaque jour qu'elle passe sur l'île. Six mois, cela équivaut à 182 jours.

Dans ses lettres destinées à ses parents ou à Evi, elle dit que tout va bien. Quand elle s'adresse à son amie, elle donne une image particulièrement belle de sa vie sur l'île, espérant ainsi lui donner envie de venir. Mais il est possible qu'Evi ne soit pas obligée de quitter Vienne puisque sa mère est catholique.

Quand elle n'écrit pas, elle lit. Le stock de livres qu'elle avait apporté s'épuise et la maison du bout du monde n'offre qu'une seule lecture : la Bible.

– On pourra bientôt rentrer chez nous, Steffi ? demande un jour Nelli.

– On ne rentrera jamais. Et tu le sais. Dès que papa et maman auront obtenu leur autorisation, on ira en Amérique. On prendra le bateau pour les retrouver à Amsterdam.

– Ça sera quand ? insiste Nelli.

– Je ne sais pas. Bientôt.

Elles sont assises sur une pierre au bord de l'eau. La mer bleue étincelle au soleil, mais le vent est frais et plus personne ne se baigne. C'est le mois de septembre et les enfants de l'île sont à l'école. La plage est devenue l'endroit où les deux sœurs se retrouvent avec leurs rêves et leurs espoirs.

– Parle-moi de l'Amérique, demande Nelli.

– En Amérique, c'est très différent d'ici. Les villes sont grandes. Il y a des immeubles immenses et plein de voitures dans les rues.

– Comme à Vienne ?

– Les immeubles sont beaucoup plus grands, explique Steffi. Et il y a beaucoup plus de voitures. Tout est gigantesque en Amérique. Notre maison aura plein de pièces et il y aura un grand jardin. Un vrai jardin avec de grands arbres. Des tilleuls et des marronniers. Un véritable parc, pas un petit jardin comme ici.

– On aura un chien ? demande Nelli.

Mimi, le chien en faïence, revient aussitôt à l'esprit de Steffi. Il est toujours dans sa commode, enveloppé dans un mouchoir. À présent, tante Alma a dû remarquer sa disparition. Au fur et à mesure que les jours passent, ça devient de plus en plus difficile de le remettre à sa place.

– Oui, répond-elle rapidement. On en aura un.

– Et un piano, poursuit Nelli. Nous aurons bien un piano en Amérique ?

Quand elles en ont assez de parler, elles se promènent. Il n'y a pas grand-chose à découvrir sur l'île. Le village se résume à quelques maisons, le bureau de poste, l'épicerie, l'école et le temple perché en haut d'une des collines qui surplombent le village. Dans un coin un peu excentré, non loin de la maison de tante Marta, est située une grande bâtisse en bois que l'on appelle le temple des pentecôtistes mais qui n'a pourtant rien d'un lieu de culte. Près du port, se trouve la maison de la mission protestante.

Mais le port est toujours très animé. Les bateaux entrent et sortent, les pêcheurs nettoient leurs filets et réparent leurs embarcations dont les noms sont inscrits au-dessus des portes des hangars : *Juno, Inez, Suède, Matilda*... Steffi sait maintenant que ces formes blanches qu'elle prenait au début pour des chauves-souris sont en fait des poissons, des cabillauds fendus en deux, déployés et accrochés sur des séchoirs verticaux.

Sur les bancs devant les abris à bateaux se retrouvent régulièrement quelques vieux messieurs. Ils bavardent en fumant la pipe. L'un d'entre eux a pris l'habitude d'offrir des bonbons aux deux filles quand elles passent par là. Ce sont des bonbons rouges, à la fois sucrés et piquants.

Un jour, Steffi et Nelli découvrent un cargo à quai. Deux hommes d'équipage sont en train de travailler sur le pont.

– Il va sûrement partir pour Hambourg, dit Steffi. Ou bien pour Amsterdam.

– Amsterdam ! s'exclame Nelli. C'est bien là qu'on ira, n'est-ce pas ?

– Oui.

Nelli s'approche du navire.

– On peut partir avec vous ? dit-elle à un des marins. On voudrait aller à Amsterdam.

L'homme répond quelque chose en suédois, puis retourne à son travail.

– À mon avis, il n'a pas compris, dit Nelli. Tu ne peux pas lui demander, toi ?

Steffi sait que leurs parents sont toujours à Vienne et qu'il est encore trop tôt pour partir. Il lui semble cependant qu'elle serait plus près d'eux à Amsterdam.

– S'il vous plaît, dit-elle, emmenez-nous. On veut aller à Amsterdam.

Le marin la regarde et lui fait non de la tête en souriant.

Il faut payer pour voyager en bateau. C'est probablement pour ça qu'il n'accepte pas.

– S'il vous plaît. Papa vous paiera à l'arrivée, insiste-t-elle.

Elle retourne les poches de sa robe pour bien montrer qu'elle n'a pas d'argent.

– Des romanichelles, dit l'homme à son ami. Je me demande comment elles ont fait pour venir jusqu'ici.

Il sort quelque chose de sa poche qu'il lance à Steffi. Elle l'attrape. C'est une pièce de vingt-cinq öre.

Les hommes d'équipage ont terminé leur travail. L'un d'eux commence à larguer les amarres.

– Non, s'écrie Steffi. Attendez-nous ! On veut partir avec vous !

Le cargo quitte le quai et glisse lentement vers le chenal.

Steffi se met à courir vers la jetée, suivie de Nelli.

– Emmenez-nous ! crient-elles. Ne nous laissez pas !

Le bateau contourne la jetée et se dirige vers le large. Les hommes d'équipage font des signes de la main aux deux filles.

– On est des naufragées, dit Steffi, on est seules sur une île déserte. Un navire est passé devant nous, mais il n'a pas remarqué nos appels. Il faudra attendre le prochain.

– Est-ce qu'on sera sauvées un jour ? demande Nelli.

– Oui. Le prochain navire nous sauvera.

Elles restent sur la jetée et suivent le bateau du regard. Quand il est hors de vue, elles retournent lentement vers le village.

Sur le quai, elles voient un garçon un peu lourdaud habillé de vêtements trop petits. Steffi le reconnaît. Il passe ses après-midi sur le port à nettoyer les filets et à écoper les barques. Parfois, quand le bateau à vapeur arrive de la ville, il donne un coup de main à l'épicier pour décharger la marchandise.

– Tu veux faire du bateau ? demande-t-il à Steffi. J'en ai un, moi aussi.

Il la regarde la bouche ouverte. Son visage boutonneux est plein d'espoir.

– Non, le rabroue Steffi en passant devant lui.

Elle presse le pas pour s'éloigner le plus vite possible.

– Tu es triste, Steffi ? demande Nelli. C'est parce qu'on n'a pas pu partir avec le cargo ?

Steffi ne répond pas.

– Pas moi, poursuit Nelli. Je préfère rentrer chez nous.

– On ne peut plus rentrer chez nous, s'impatiente Steffi. Tu ne veux pas comprendre ça ?

– Tu es méchante ! crie Nelli. Je le dirai à maman.

Elle se met à courir sur la route. Steffi se précipite derrière elle et l'attrape par les nattes.

– Aïe ! hurle Nelli en donnant un coup de pied dans les jambes de Steffi.

Steffi prend Nelli par les épaules et la regarde droit dans les yeux.

– Tu ne diras rien de tout ça à maman, dit-elle. Et tu ne lui diras pas que tu veux rentrer. Tu ne diras rien qui pourrait lui faire de la peine. Compris ?

Nelli baisse la tête en faisant la moue.

– Tu promets ?

Nelli acquiesce. Steffi lâche sa sœur qui recule de quelques pas pour être hors d'atteinte.

– Je le dirai quand même à tante Alma, s'écrie-t-elle et elle se remet à courir.

11

L'Europe est en guerre. Steffi a reçu une lettre de son père qui lui explique ce qui s'est passé : l'Allemagne a attaqué la Pologne. L'Angleterre et la France ont déclaré la guerre à l'Allemagne et comme l'Autriche fait maintenant partie de l'Allemagne, ça signifie que leur pays n'est pas épargné.

Nous ne savons pas encore quelles en seront les conséquences pour nous, écrit papa. *Sera-t-il plus difficile de sortir du pays ou l'inverse ? L'Amérique et les pays qui ne participent pas à la guerre accueilleront peut-être plus facilement les réfugiés. Seul l'avenir nous le dira.*

En se promenant sur l'île, Steffi réfléchit à tout ce que papa n'a *pas* écrit. Sera-t-il mobilisé ? Ou sera-t-il encore une fois envoyé dans un camp ? Peut-on traverser la mer en bateau jusqu'en Amérique quand il y a la guerre ? Y a-t-il des risques pour que la Suède y soit également entraînée ?

Un jour, Steffi invente un nouveau jeu.

– Nous sommes à Vienne maintenant, dit-elle à Nelli.

Ne comprenant pas, Nelli regarde autour d'elle.

– Quoi ? Qu'est-ce que tu veux dire ?

– Tu ne vois pas ? insiste Steffi. Nous marchons sur le large trottoir de la Kärntnerstrasse. Autour de nous, il y a des magasins et des grands immeubles.

Elle fait un signe vers les collines qui surplombent le sentier.

– Les vitrines sont éclairées, poursuit-elle. Elles sont remplies de belles choses : de vêtements, de chaussures, de manteaux de fourrure, de flacons de parfum. Tu les vois ?

Nelli acquiesce avec enthousiasme.

– Maintenant, ferme les yeux. Écoute bien. Tu entends le bruit des trams et des voitures qui passent ?

Elle-même a les yeux clos. Si on ne regarde pas, on pourrait presque confondre le bruit des vagues avec celui de la circulation.

– Tiens, voilà un tram, s'écrie Nelli. Et encore un !

– Nous serons bientôt à l'Opéra. Tu te souviens quand nous sommes allées voir *La Flûte enchantée* ? Tu étais si petite que tu t'es endormie au deuxième acte. Maintenant, on va tourner à l'angle là-bas, puis on va monter vers la Heldenplatz. Regarde, on voit la statue équestre ! Et une vieille dame qui donne à manger aux pigeons.

– J'aimerais mieux aller au Jardin des plantes, interrompt Nelli. Au square. C'est beaucoup plus drôle.

– Ce n'est pas dans la bonne direction. Demain, ce sera à toi de décider. Viens, on coupe par la Heldenplatz.

– On va où ?

– À Freyung. Pour regarder les étals du marché.

– C'est trop loin ! proteste Nelli. On ne peut pas rentrer maintenant ?

– Ce n'est pas loin du tout. Ferme les yeux et donne-moi la main. On ne va pas tarder à y arriver.

Steffi ferme de nouveau les yeux. Dans son imagination, elle suit les rues étroites de la vieille ville.

Un bruit de pas la fait revenir à la réalité. Elle ouvre les yeux.

Sur le sentier, devant elle, se trouve la fille rousse. Elle regarde les deux sœurs en souriant et en faisant un mouvement de tête qui fait bouger ses cheveux.

– Bonjour, dit-elle. Je m'appelle Vera. Toi, tu t'appelles comment ?

– Steffi.

Nelli reste silencieuse, les yeux rivés au sol. Steffi lui donne un léger coup de coude.

– Nelli, dit-elle timidement sans regarder Vera.

– Venez.

La fille leur fait signe de la suivre.

Elles enjambent un petit muret, traversent un champ pentu avec de l'herbe sèche et de la bruyère avant d'arriver à une crevasse dans le rocher.

Elles s'arrêtent devant des ronces. De grosses baies noires brillent parmi les feuilles vert sombre. Vera en cueille quelques-unes qu'elle tend aux deux sœurs dans la paume de sa main. Steffi hésite. Est-ce une plaisanterie ? Les baies sont peut-être amères ? Vera a peut-être envie de se moquer d'elles ?

– Elles sont toxiques, Steffi ? chuchote Nelli.

Steffi goûte une baie. Elle est délicieuse. Elle en prend une deuxième.

– Elles ne sont pas toxiques ? répète Nelli en tendant la main.

Vera donne quelques baies à Nelli qui les met aussitôt dans sa bouche.

– Mmm, fait-elle, les lèvres toutes noires.

– Des mûres, explique Vera. Nous les appelons des « baies d'ours ». Un ours, vous savez ce que c'est ?

Elle avance à quatre pattes en grognant comme un ours. Puis elle se lève sur ses pattes de derrière et les menace de ses griffes. Nelli éclate de rire.

– Steffi, tu crois qu'il y a des ours ici ? demande-t-elle soudain inquiète. Pour de vrai ?

– Non, la rassure Steffi. Les ours vivent dans les grandes forêts et ici il n'y a presque pas d'arbres.

Nelli jette un coup d'œil vers l'ouverture dans le rocher.

– Tu es sûre ?

– Oui, dit Steffi. Absolument certaine.

Elle suit cependant le regard de Nelli en se demandant, elle aussi, s'il n'y a pas d'animaux sauvages cachés dans l'obscurité de la crevasse.

Les trois filles continuent à manger des baies. Le jus sombre colore leurs mains. Vera bavarde joyeusement et Steffi lui répond en utilisant les quelques mots suédois qu'elle connaît.

La jupe de Steffi s'accroche à une branche pleine d'épines. On aurait dit des griffes qui ne veulent plus lâcher leur prise. Steffi tire d'un coup sec et le tissu se déchire. Sa jupe a un grand accroc et le tissu autour est tout taché. Que va dire tante Marta ?

Vera a l'air inquiet mais Nelli ne se laisse pas perturber.

– Rentrer, dit Steffi à Vera.

Vera fait oui de la tête.

– Réparer.

Steffi montre qu'il est possible de recoudre le tissu.

Elles font un bout de chemin ensemble, avant que Vera s'en aille de son côté en suivant un petit sentier à peine visible. Elle leur sourit et leur fait un signe de la main.

Steffi décide de rentrer directement, sans faire de détour. Avec un peu de chance, tante Marta ne sera pas à la maison et elle pourra se changer discrètement. Ensuite elle emportera la robe déchirée chez tante Alma qui l'aidera sûrement à la recoudre. Tante Marta n'en saura rien.

Steffi et Nelli se séparent devant la maison jaune et Steffi continue seule. En voyant de loin la maison blanche, elle regarde si le vélo de tante Marta est là. Quelle chance ! Il n'est pas à sa place habituelle.

Elle descend la dernière côte en courant et se précipite dans la maison. Mais à peine a-t-elle eu le temps de monter quelques marches qu'elle entend un bruit de pas. Il est trop tard pour se cacher.

La jupe tachée et déchirée attire le regard de tante Marta comme un aimant.

– Pardon, fait Steffi.

– Monte dans ta chambre, ordonne tante Marta. Enlève ta robe et lave-toi. Tu ne sortiras plus aujourd'hui.

Steffi obéit. Elle pose sa robe sur le dossier de la chaise et se lave dans la salle d'eau. Bien qu'il soit encore tôt dans la journée, elle enfile sa chemise de nuit par-dessus ses sous-vêtements.

Tante Marta entre dans la chambre, prend la robe et l'emporte sans dire un mot. Elle repart en claquant la porte.

Steffi sort prudemment le chien en faïence de la commode et le pose à côté des photos de ses parents. Sa mère lui a offert une boîte à bijoux pour ses dix ans. Quand on soulève le couvercle, elle fait de la musique et une petite danseuse se met à tourner. Steffi écoute la musique et regarde la petite ballerine.

– Maman, chuchote-t-elle en s'adressant à la photo de sa mère. Maman, je veux rentrer chez nous.

D'en bas lui vient un bruit de casseroles. Elle sent une odeur de cuisine mais tante Marta ne l'appelle pas. Au bout d'un moment, le silence s'installe.

Steffi n'a avalé que quelques mûres depuis le petit déjeuner. À présent, même du poisson lui ferait envie.

Plusieurs heures plus tard, tante Marta lui apporte un verre de lait et des tartines qu'elle pose sur la table devant la fenêtre.

– Vera Hedberg, dit-elle, en voilà une bonne compagnie ! Négligée et mal soignée comme sa mère.

Elle s'en va avant que Steffi n'ait pu lui demander ce qu'elle reproche à Vera et à sa mère.

Quand Steffi s'installe devant la fenêtre pour manger, elle s'aperçoit que le vélo de tante Marta est rangé à côté de l'abri à bois. La chaîne avait sauté.

12

Un dimanche à la fin septembre, tante Marta demande à Steffi de mettre son manteau pour l'accompagner à un « réveil religieux ». Steffi ne comprend pas ce que c'est mais elle obéit sans poser de questions. Elles prennent le chemin du village et se dirigent vers la maison carrée qu'on appelle le temple des pentecôtistes.

De nombreuses personnes entrent dans le bâtiment, alors que d'autres restent à bavarder sur le parvis. Tante Alma est là, avec Nelli et les petits.

– C'est quoi, cette maison ? dit Nelli à l'oreille de Steffi.

– Je ne sais pas. Une sorte de temple, je crois.

À l'intérieur, il y a une grande salle où sont alignés des bancs en bois. Ça ressemble un peu à une église. Steffi est déjà entrée dans une église à Vienne avec Evi et sa mère. C'était une vieille bâtisse en pierre avec de beaux vitraux de toutes les couleurs. L'air était saturé de l'odeur de centaines de cierges et partout il y avait des images de saints.

Ici, il y a juste une grande pièce nue avec une estrade surélevée, comme dans les salles de classe. L'atmosphère n'a rien de mystérieux. Aucune flamme ne jette sa lumière vacillante sur des piliers sombres. Il n'y a pas d'images de saints qui vous regardent tristement. Ici, la lumière électrique du plafond est crue et le plancher sent le propre.

Les bancs se remplissent petit à petit. Steffi se retrouve entre tante Marta et Nelli. Tante Alma tient John sur ses genoux.

La cérémonie commence.

Un grand homme maigre monte sur l'estrade. Il se met à parler d'une voix monotone en tenant ses mains jointes devant sa poitrine. Parfois, il les bouge de bas en haut pour donner du poids à ses paroles. Le peu de choses que Steffi arrive à comprendre de son discours est qu'il s'agit de Dieu, de Jésus et des pécheurs qui doivent ouvrir leur cœur à la foi.

– Retournez auprès de Jésus, dit l'homme. Il vous accueillera, qui que vous soyez.

Certaines expressions frappent l'oreille de Steffi : « des flèches brûlantes dans le cœur », « le sang de l'agneau ». Ça sonne étrange et beau.

Steffi observe, du coin de l'œil, tante Marta qui écoute attentivement le dos bien droit, les mains jointes sur les genoux et les lèvres serrées.

Une femme, derrière elles, murmure : « Oui, oui, cher Jésus. » Steffi se retourne pour la regarder, mais tante Marta la corrige d'un coup de coude.

Le banc est dur. Nelli n'arrête pas de bouger.

Soudain, une femme au premier rang se lève et

commence à parler. Elle récite de longues litanies où les mêmes mots reviennent sans cesse. Steffi a beau faire des efforts, elle ne comprend rien. Pas un mot. Ça ne ressemble pas à du suédois ni à aucune des langues qu'elle connaît.

Steffi échange discrètement des regards avec sa sœur. Elle a envie de rire mais garde son sérieux en voyant le profil sévère de tante Marta.

L'homme revient et se remet à parler en agitant ses grandes mains.

Pour les fêtes importantes, les parents de Steffi et de Nelli avaient l'habitude d'emmener leurs filles à la synagogue. Là, il n'y avait pas d'obligation de rester assis pendant des heures. Les gens entraient et sortaient comme bon leur semblait. Ils bavardaient devant la porte et saluaient des amis en leur souhaitant bonne fête. Les enfants pouvaient aller jouer dehors puis retourner auprès de leurs parents quand ils en avaient envie. De leurs places habituelles au balcon, Steffi et Nelli voyaient des hommes offrir des bonbons aux dames qui sentaient bon le parfum.

Le seul moment où tout le monde était grave et recueilli était le jour du Grand Pardon. L'automne dernier, beaucoup de gens avaient pleuré en écoutant le rabbin prier pour les morts. Quelques semaines plus tard, il n'y avait plus de synagogue. Elle avait été incendiée cette terrible nuit de novembre. Cette nuit où…

Steffi se ressaisit. Il ne faut plus qu'elle y pense.

– Jésus-Christ, dit l'homme maigre en regardant l'assemblée. Jésus-Christ est la réponse à toutes vos questions.

À toutes nos questions ? Il pourra expliquer pourquoi elles ont dû se réfugier ici, Nelli et elle ? Il pourra lui dire quand elles retrouveront leurs parents ?

L'homme s'écarte pour laisser la place à quelques jeunes qui s'alignent sur l'estrade. Leurs joues rouges et leurs yeux clairs leur donnent un air de famille. Ils ne semblent pas se poser de questions.

Ils chantent avec des voix limpides. Une jeune femme aux tresses rassemblées en couronne sur la tête les accompagne à la guitare. Depuis son arrivée sur l'île, c'est la première fois que Steffi entend de la musique. Le chant la traverse, la remplit et la réchauffe. Elle ferme les yeux. Elle le ressent dans sa tête, dans ses bras, dans ses jambes. C'est si beau qu'elle ne peut s'empêcher de pleurer.

Nelli effleure son bras et fond en larmes, elle aussi. Steffi lui prend la main et la serre dans la sienne. Elles pleurent toutes les deux jusqu'à la dernière note de la dernière chanson. Soudain, tante Marta se lève et pousse les deux filles devant elle dans l'allée centrale.

Elle s'agenouille devant l'estrade en entraînant Steffi et Nelli qui se mettent à genoux de chaque côté d'elle. L'homme maigre pose une de ses grandes mains sur la tête de Steffi, l'autre sur celle de Nelli. Puis il prie d'une voix forte.

Steffi sent tous les regards se poser sur elle. S'est-elle mal comportée ? Doit-elle demander pardon ? Le plancher est dur et une écharde traverse son bas et s'enfonce dans son genou.

– Enlève-moi d'ici ! prie-t-elle silencieusement.

Elle ne sait pas à qui elle s'adresse. À Dieu ? À Jésus ? À papa ? À maman ?

– Amen, dit l'homme maigre.

– Amen, dit l'assemblée en chœur.

Quand tante Marta se remet debout, Steffi se lève aussi, les jambes chancelantes. C'est fini.

Tout le monde chante pendant que tante Marta et les filles regagnent leurs places. Tante Alma prend Nelli dans ses bras. Elle se penche ensuite vers Steffi et lui caresse la joue.

Après la cérémonie, tante Alma les invite chez elle.

– C'est étonnant que les filles aient pu accueillir Jésus si vite, dit tante Marta. Je ne l'aurais pas cru.

– Ce sont de bonnes petites, dit tante Alma. Il n'y a aucun mal en elles. Ce n'est pas leur faute si elles n'ont pas été élevées dans la bonne religion.

– C'est tout de même rassurant, conclut tante Marta en poussant un soupir de satisfaction. Leurs âmes ont trouvé un havre de paix.

– Pourquoi as-tu pleuré ? demande Nelli à sa sœur.

– À cause de la musique. Elle était si belle. Et toi ?

– J'ai pleuré à cause de toi.

Tante Alma se tourne vers les filles.

– Vous devez être heureuses maintenant que vous avez rencontré Jésus et trouvé la foi, dit-elle. Je me réjouis pour vous.

Rencontré Jésus ? Trouvé la foi ? Lentement, Steffi réalise que les deux femmes pensent qu'elles ont pleuré à cause de Jésus et non pas à cause de la musique.

– Oui, dit-elle d'une voix hésitante. La musique était si belle…

Mais tante Alma ne l'écoute pas. Elle continue

à parler avec tante Marta du prédicateur, le grand homme maigre.

– Il est touché par la grâce, dit tante Marta. C'est sûr.

Steffi ne dit plus rien.

Quelques semaines plus tard, les deux sœurs se font baptiser sans s'y opposer. Elles deviennent membres de l'Église pentecôtiste et vont chaque semaine à l'école du dimanche.

Steffi se rend bien compte qu'elle est censée avoir changé depuis qu'elle a « connu le salut ». De toute évidence, tante Marta s'attend à ce qu'elle soit plus sage, plus obéissante. Mais Steffi se sent exactement comme avant. Il lui arrive de regarder le tableau de Jésus au-dessus de sa commode et de chercher à ressentir ce grand amour pour lui dont on parle à l'école du dimanche. Mais elle n'éprouve rien de particulier.

– Pardon, Jésus, murmure-t-elle. Pardon de ne pas me sentir sauvée pour de vrai.

Mais Steffi ne dit rien de tout cela dans ses lettres à ses parents. Elle ne dit rien non plus du baptême. Ils ne seraient peut-être pas d'accord et elle ne sait pas comment leur expliquer. Elle se demande même s'il est possible de quitter une religion une fois qu'on y est entré.

Quoi qu'il en soit, l'école du dimanche constitue une rupture dans la monotonie. C'est la jeune femme à la guitare qui en est responsable et elle les fait beaucoup chanter. Britta, une fille aux cheveux filasse, offre un jour une image à Steffi. Celle-ci représente un ange brun vêtu d'une robe rose. Britta en a une deuxième, presque pareille, où l'ange est blond et porte une robe bleue, mais celle-là, elle veut la garder pour elle.

Bien que Britta soit plus petite, elle a le même âge que Steffi. Parfois, elles font un bout du chemin du retour ensemble.

Vera ne va pas à l'école du dimanche. Steffi l'aperçoit de temps en temps mais toujours en compagnie de la blonde, la fille de l'épicier, et d'une autre fille particulièrement grande et costaud.

Vera est la seule à saluer Steffi quand elles se croisent. Les autres la regardent sans rien dire.

13

L'école communale est située au milieu du village. C'est un long bâtiment jaune de deux étages. Au-dessus de l'entrée il y a une horloge. En face, l'école des petits est à peine plus grande qu'une maison ordinaire.

Steffi et Nelli aiment bien passer par là. Si c'est l'heure de la récréation et que les élèves sont dans la cour, elles se cachent pour les regarder jouer.

– Et nous, on pourra aller quand à l'école ? demande Nelli.

– Dès qu'on parlera assez bien, répond Steffi.

– Moi, je parle bien, dit Nelli fièrement. Tante Alma dit que je suis un vrai moulin à paroles, même en suédois.

Et c'est vrai. Nelli se débrouille déjà bien, mieux que Steffi. C'est vrai aussi qu'elle a constamment l'occasion de discuter avec tante Alma et avec Elsa. Tante Marta, elle, utilise les mots avec parcimonie et oncle Evert est rarement à la maison.

– Mais bientôt on pourra y aller, conclut Steffi

en jetant un regard plein d'envie sur un groupe de jeunes de l'autre côté de la barrière.

Il lui semble voir une chevelure rousse parmi eux. Celle de Vera ? Quand Steffi ira à l'école, elle rencontrera Vera tous les jours. Elles deviendront certainement amies.

Au dîner, elle s'efforce, plus que d'habitude, de prononcer correctement les mots. Comme ça, tante Marta se rendra compte qu'elle parle bien maintenant. Soudain, comme si tante Marta avait lu dans ses pensées, elle dit :

– Je viens de discuter avec tante Alma. Nous pensons qu'il est temps que vous alliez à l'école, ta sœur et toi. Vous ne pouvez pas continuer à passer vos journées à ne rien faire. Demain j'irai voir le directeur. Peut-être pourrez-vous commencer déjà lundi.

Le lendemain matin, tante Marta se rend à l'école sur son vélo et annonce, dès l'après-midi, que Steffi sera en sixième.

– Mais j'ai déjà fait la sixième ! s'oppose-t-elle. L'année dernière, à Vienne.

– Tu as douze ans, n'est-ce pas ? s'énerve tante Marta. Tu iras donc dans la même classe que les autres enfants de ton âge. Sinon je me demande bien où tu iras. Au lycée en ville, peut-être ?

Steffi comprend finalement qu'en Suède, les enfants commencent l'école à sept ans et non pas à six, comme en Autriche. Et ceux de son âge sont en sixième, en dernière année de primaire.

– Après tout, se console-t-elle, c'est peut-être aussi bien de redoubler, puisque j'ai déjà raté presque deux mois du premier semestre.

Sa dernière année scolaire à Vienne n'avait pas été facile. Après le déménagement de la famille, le chemin de l'école de Steffi avait pratiquement doublé. Elle avait eu du mal à se concentrer sur ses devoirs dans leur pièce unique à cause de la promiscuité et du bruit des autres locataires. Et pourtant, ses parents avaient tout fait pour l'aider. Un peu plus tard, quand les enfants juifs n'avaient plus eu le droit de fréquenter les établissements publics, il avait fallu qu'elle change d'école.

À l'École juive, les salles de classe étaient bondées et les enseignants livides de fatigue et d'inquiétude. Il n'y avait pas d'étoiles dorées à coller dans les cahiers.

Le lendemain, tante Marta revient avec un paquet de manuels scolaires récupérés chez un voisin, tous défraîchis et écornés. Sur chaque page de garde est écrit *Per-Erik* d'une écriture ronde et enfantine.

Per-Erik, le plus jeune membre de l'équipage du bateau d'oncle Evert, a quitté l'école. Steffi va maintenant hériter de ses vieux livres. Tante Marta a même rapporté un de ses cahiers de calcul où il reste quelques pages vides. Quand Steffi le feuillette, les corrections rouges lui sautent aux yeux.

– Je ne pourrais pas avoir un cahier neuf? demande-t-elle.

– Il faut d'abord terminer celui-ci, dit tante Marta. Après, tu en auras un autre.

Steffi tourne les pages des vieux livres usés. La toile du dos du manuel de sciences naturelles est élimée et les pages s'écartent comme un éventail quand elle l'ouvre. Quelques-unes ne tiennent plus du tout. Elle se souvient de la sensation d'ouvrir un livre neuf : la résistance du dos, l'odeur du papier.

– Ne fais pas cette tête, dit tante Marta. Je n'ai pas l'intention de gaspiller de l'argent pour des livres qui ne serviront qu'une année. Surtout quand il n'est même pas sûr que tu seras encore là à la fin. Ces livres conviennent parfaitement.

« Oui, pense Steffi, évidemment qu'ils me conviennent. De vieux livres usés et déchirés conviennent parfaitement à un enfant étranger. Des livres déchirés et de vieux maillots de bain moches conviennent à des enfants réfugiés qui vivent de la charité des autres. Si tante Marta avait eu un enfant à elle, il n'aurait certainement pas été obligé d'utiliser de vieux livres d'occasion. »

– Tiens, dit tante Marta en lui tendant un rouleau de papier kraft. Recouvre-les avec ça, ils seront propres et nets.

Tante Alma, qui part à Göteborg pour préparer la rentrée de Nelli, est chargée de ramener les fournitures qui manquent à Steffi : deux cahiers, quelques crayons, une gomme et le Nouveau Testament.

– Le Testament te servira toute la vie, dit tante Marta. Contrairement aux livres scolaires !

Nelli est très fière de ses livres neufs et promet d'en prendre bien soin.

– Crâneuse ! dit Steffi en lui tirant la langue derrière le dos de tante Alma.

– Jalouse ! réplique Nelli. Si tu étais plus gentille, tu aurais des livres neufs, toi aussi.

Elle regrette immédiatement ce qu'elle vient de dire et offre un de ses cahiers de calcul à Steffi.

– Prends-le, si tu veux.

– Et toi, dans quoi vas-tu faire tes exercices ?

– Je m'en fiche. Je n'aime pas le calcul, dit Nelli en faisant une grimace.

Oncle Evert rentre à la maison le samedi suivant avec un petit paquet pour Steffi. Sur le papier d'emballage est écrit « Le Grand Bazar ».

À l'intérieur, il y a un plumier en bois. Le couvercle, dont un côté est gradué en centimètres et en millimètres, coulisse parfaitement dans les rainures. Il peut aussi servir de règle. Il y a deux longs compartiments étroits destinés aux stylos et aux crayons et une petite case pour la gomme.

– Merci, dit Steffi. Merci, oncle Evert.

– Tu gâtes la petite, grommelle tante Marta.

Oncle Evert fait semblant de ne pas entendre.

– Tu verras, ça va très bien se passer, dit-il à Steffi. Ça ne peut que bien marcher quand on est aussi vive et éveillée que toi.

Dimanche soir, Steffi prépare son cartable qui finit par être assez lourd.

– C'est tout de même dommage que tu ne saches pas faire du vélo, dit tante Marta. Tu aurais pu prendre le mien pour aller à l'école et, par la même occasion, passer à l'épicerie. Ça m'aurait évité d'y aller.

Tout le monde fait du vélo sur l'île, les adultes comme les enfants. Les jeunes se déplacent en groupes, piaillant comme des volées de mouettes.

Steffi est la seule à ne pas savoir en faire. Et elle est convaincue qu'elle ne saura jamais.

14

Steffi quitte la maison très tôt. La matinée est fraîche et elle boutonne son manteau jusqu'au cou.

Nelli, qui a des rubans rouges noués dans ses nattes, l'attend à la barrière avec tante Alma qui leur fait un signe de la main quand elles partent pour leur premier jour d'école.

Les deux sœurs se rendent d'abord chez les petits. La maîtresse de Nelli vient à leur rencontre. Elle est jeune et jolie et porte ses nattes blondes attachées sur sa tête.

Steffi traverse ensuite la rue pour aller dans l'autre bâtiment. Elle s'arrête à l'entrée et regarde les filles et les garçons s'amuser en attendant la sonnerie. L'horloge indique qu'il reste encore dix minutes. Steffi cherche Vera du regard, puis Britta, mais elle ne voit ni l'une ni l'autre. D'un pas hésitant, elle entre dans la cour.

Le temps avance à la vitesse d'un escargot. Steffi voudrait être invisible. Personne ne fait attention à elle mais la curiosité qui l'entoure est tangible.

Elle n'aurait pas dû mettre son manteau et son chapeau. Les autres filles sont nu-tête et portent juste un gilet sur leur robe. Pourtant, c'est déjà le mois d'octobre.

La sonnerie retentit enfin et Steffi voit Britta arriver, une corde à sauter à la main.

– Viens. Tu es dans ma classe.

La salle de classe des sixième est au premier étage. Les enfants se mettent en rang sur deux lignes, les filles à gauche de la porte, les garçons à droite.

Vera fait un sourire entendu à Steffi, comme si elles partageaient un secret. Steffi essaie de se glisser à côté d'elle, mais la fille blonde la pousse brutalement.

– C'est ma place, dit-elle.

Steffi se met alors au bout de la queue, juste derrière Britta qui se retourne et lui dit à l'oreille :

– Ne fais pas attention à Sylvia. Elle croit que c'est elle qui décide de tout.

La sonnerie retentit pour la deuxième fois et la porte de la salle s'ouvre. La maîtresse salue chacun des enfants quand ils passent devant elle pour regagner leur table. Steffi ne sait pas où aller.

La maîtresse est grande et maigre. Elle a les cheveux tirés en arrière en un chignon rigide, exactement comme tante Marta.

– Bonjour, les enfants, dit-elle.

– Bonjour, mademoiselle Bergström, répondent en chœur trente voix.

– Asseyez-vous.

Il y a un vrai remue-ménage avant que tout le monde ne soit installé.

– Nous accueillons aujourd'hui une nouvelle élève, dit la maîtresse. Venez avec moi, Stephanie.

Steffi s'approche du bureau de la maîtresse.

– Stephanie est venue nous voir de très loin. Elle vient de Vienne. Dans quel pays est situé Vienne ? Sylvia ?

– En Autriche.

La maîtresse tire une ficelle pour faire descendre une carte de l'Europe devant le tableau noir.

– Stephanie, pouvez-vous nous montrer où se trouve votre pays ? demande-t-elle.

Steffi n'arrive pas à retrouver la forme familière de l'Autriche. En revanche, elle voit l'Allemagne, gonflée comme un ballon.

– Il devrait être ici, dit-elle troublée en indiquant la partie basse du ballon.

La maîtresse, intriguée, examine la carte mais se ressaisit rapidement.

– C'est vrai que l'Autriche fait désormais partie de l'Allemagne. Vienne, la capitale de la musique, est ici, dit-elle en l'indiquant avec sa baguette. Et voici la chaîne de montagnes la plus élevée d'Europe. Comment s'appelle-t-elle ? Vera ?

– L'Himalaya.

Tout le monde rit.

La maîtresse soupire et passe la question à Britta.

– Les Alpes.

– Êtes-vous déjà allée dans les Alpes, Stephanie ? demande la maîtresse.

Steffi fait non de la tête.

– Dans les Alpes, il y a des prés fertiles que l'on appelle des alpages où…

On frappe à la porte. La maîtresse s'interrompt.

– Entrez, dit-elle agacée.

Une silhouette épaisse apparaît dans l'encadrement de la porte. C'est le garçon que Steffi et Nelli ont rencontré dans le port et qui leur a proposé de faire un tour dans son bateau.

Il a au moins quatorze ans. Que fait-il dans cette classe où tout le monde a plusieurs années de moins que lui ?

– Pardon, murmure-t-il.

– Va t'asseoir, Svante, dit la maîtresse d'une voix lasse.

Svante avance mollement dans l'allée centrale pour regagner sa place au fond de la salle. Il est si grand qu'il a du mal à glisser ses jambes sous sa table.

La maîtresse renonce à sa tentative de faire une leçon de géographie.

– Stephanie est une étrangère ici chez nous, dit-elle. Cette épouvantable guerre l'a forcée à quitter sa maison et sa famille.

Steffi promène son regard sur tous ces enfants blonds. Dans leurs yeux clairs, rivés sur elle, elle voit de la curiosité et de la compassion.

– J'espère que vous serez très gentils avec Stephanie, poursuit la maîtresse. Et que vous aurez de l'indulgence pour sa manière de s'exprimer. Elle ne parle pas comme vous parce qu'elle est étrangère. Elle n'est pas, comme vous, née ici.

Pas-comme-vous-pas-comme-vous-pas-comme-vous. On dirait le bruit du train quand il passait sur les rails. Steffi a la tête qui tourne.

– Je peux m'asseoir maintenant ?

La maîtresse acquiesce. Britta lève la main.

– Elle peut venir à côté de moi ? Moi, je la connais déjà.

– Moi aussi, dit Svante.

Sylvia ricane en disant quelque chose à l'oreille de sa voisine.

La première heure, ils font du calcul. Les problèmes sont faciles. Ce sont des divisions très simples que Steffi a déjà apprises l'année précédente. Elle lève la main pour aller au tableau.

– C'est parfait, dit la maîtresse quand Steffi a fini. Très bien.

– Trrrrès bien, fait Sylvia assez fort.

La maîtresse feint de ne pas entendre.

Steffi espère que Vera viendra la retrouver pendant la récré mais celle-ci reste au fond de la cour avec Sylvia et les autres filles. Steffi a l'impression qu'elles regardent dans sa direction et elle se demande ce qu'elles se disent.

En revanche, Britta vient lui proposer de sauter à la corde. Steffi y arrive très bien jusqu'à ce qu'elle s'aperçoive que Svante l'observe. Gênée, elle se prend les pieds dans la corde et est obligée de céder sa place.

C'est maintenant à Britta de sauter et à Steffi de tenir la corde. Soudain, elle sent quelqu'un s'approcher par-derrière. Elle tourne la tête et voit Sylvia suivie de sa bande.

– Dis-nous quelque chose en allemand, dit Sylvia.

Steffi fait non de la tête tout en continuant à faire tourner la corde.

– Dis quelque chose ! répète Sylvia. Tu sais parler allemand, oui ou non ?

– Oui.

– Alors, dis quelque chose, insiste Sylvia. On veut savoir à quoi ça ressemble.

– Dis quelque chose, reprend son amie Barbro.

Les filles du groupe se mettent en cercle autour de Steffi. Vera reste en arrière et fait mine de chercher quelque chose dans sa poche.

– Ou alors, tu peux nous chanter une tyrolienne puisque tu viens des Alpes.

Britta s'emmêle à son tour les pieds dans la corde et propose de changer de place avec Steffi.

– Ne fais pas la fière, continue Sylvia qui ne lâche pas sa proie. Tu crois peut-être que tu vas être la chouchoute de la maîtresse. La petite princesse viennoise ! Qui t'a dit de venir chez nous ?

Steffi fait semblant de ne pas entendre. Tant mieux si Sylvia pense qu'elle ne comprend pas !

Elle se met à sauter en comptant dans sa tête.

Et un… et deux… et un… et deux… et…

Quelqu'un tire sur la corde d'un coup sec. Steffi tombe. Sylvia lâche la corde et lui fait un sourire railleur avant de s'en aller, suivie de sa cour.

15

C'est le mois de novembre. L'île est grise. Plus grise encore que lorsque Steffi et Nelli sont arrivées. Seuls les genévriers sont verts. Il fait nuit quand Steffi quitte la maison, il fait nuit quand elle rentre. Le chemin de l'école est long. Le vent de la mer transperce son manteau et ses genoux sont bleus de froid.

Elle est pourtant contente d'aller à l'école. Que ferait-elle de ses journées autrement ? Les après-midi et les soirées en compagnie de tante Marta lui paraissent terriblement longs. Elles ne discutent jamais ensemble, comme le faisaient Steffi et maman.

À Vienne, quand Steffi rentrait de l'école, elles s'installaient toutes les deux dans le salon, maman avec son café et Steffi avec une tasse de chocolat. Steffi racontait sa journée et maman parlait de son enfance et du temps où elle travaillait à l'Opéra. Elles évoquaient aussi les livres qu'elles avaient lus ou les voyages qu'elles feraient quand Steffi serait plus grande.

Une lettre ne remplace pas une conversation. Parler avec quelqu'un, ce n'est pas seulement échanger des mots. C'est aussi échanger des regards, des sourires. Tout est important, même le silence entre les mots. Steffi a trop de pensées à partager, trop de choses à raconter pour que ce soit possible par courrier. Et la réponse peut mettre des semaines à arriver.

Tante Marta ne pose aucune question et ne raconte jamais rien. Elle vérifie juste que Steffi fait bien ses devoirs et range correctement sa chambre. Il n'y a que ça qui compte pour elle.

Le soir, tante Marta s'installe dans la salle avec son tricot. À sept heures, elle allume la radio pour écouter les nouvelles et la prière du soir. S'il y a une émission musicale, elle éteint. La musique « terrestre » est un péché, dit-elle. Pour elle, la musique « terrestre » comprend tout ce qui n'est pas cantiques ou chants religieux. Le jazz, la musique classique et les autres formes musicales sont « l'œuvre du diable ».

Parfois, quand tante Marta s'absente, Steffi met la radio en cachette. Mais la majeure partie du temps, la maison du bout du monde est plongée dans le silence.

Ce n'est pas pareil quand oncle Evert est là. Il aime bien parler avec Steffi. Il lui raconte ses journées en mer, pose des questions sur l'école et la complimente pour ses progrès en suédois. Quand elle fait des erreurs, il la taquine gentiment.

– Cet été, tu viendras à bord du *Diana*, promet-il. Et je t'apprendrai à ramer avec la petite barque.

Mais l'été est loin et Steffi sait qu'elle ne sera

alors plus chez eux. Ça fait déjà trois mois qu'elle est sur l'île. « Six mois, au maximum », avait dit papa.

Dans leurs lettres, ses parents ne parlent plus de leur autorisation d'entrer en Amérique ni de leurs retrouvailles à Amsterdam. Papa lui a appris qu'ils habitent à présent dans une pièce plus petite encore et que maman a commencé à travailler comme employée de maison chez une vieille dame. Maman, employée de maison ! Steffi n'arrive pas à l'imaginer en tablier dans la cuisine de quelqu'un.

Maman ne parle pas de son travail. Ses lettres sont pleines de questions sur tante Marta et oncle Evert, sur l'école. Elle lui demande si elle s'est fait des amis. Steffi répond que tout le monde est gentil, qu'elle a beaucoup d'amis et que ça se passe bien à l'école. Au moins, la dernière chose est vraie. Elle travaille bien. En général, elle connaît même les cantiques par cœur bien qu'elle comprenne à peine les paroles.

Maman insiste pour que Steffi rappelle à Nelli de lui écrire.

Toi qui es grande, tu dois aider ta petite sœur. Veille à ce qu'elle nous écrive régulièrement et essaie de l'aider avec son allemand. Son orthographe est épouvantable. C'est une bonne chose que vous appreniez le suédois, bien entendu, mais n'oubliez pas que votre langue maternelle, c'est l'allemand et qu'un jour vous allez revenir ici.

– Demain, promet Nelli quand Steffi lui demande d'écrire à leurs parents. Demain, je te le jure. Aujourd'hui, je vais jouer avec Sonja après l'école.

Mais le lendemain, Nelli a déjà pris des engagements avec une autre amie. Les filles se battent pour être avec elle. Quand elle arrive à l'école le matin, il y a tout un groupe qui l'attend. Nelli bavarde joyeusement comme si elle parlait suédois depuis toujours.

Personne n'attend Steffi. Vera fait partie de la bande de Sylvia et Steffi n'y est pas. Si elle veut voir Britta et ses amies, c'est à elle d'aller les retrouver. Elles ne la repoussent pas, mais Steffi se sent exclue parce qu'elles parlent de choses qu'elle ne connaît pas. Personne ne lui propose de la voir après l'école et elle a déjà essayé, sans succès, d'inviter Britta.

– C'est trop loin, lui dit-elle. Je ne crois pas que ma mère accepte. Surtout maintenant qu'il fait nuit de bonne heure.

Le pire, c'est que Sylvia ne la laisse pas tranquille. Son accent, ses vêtements, son aspect physique font l'objet de raillerie de la part de Sylvia qui, telle une mouette gourmande, fonce dès qu'une occasion se présente.

– Du crin de cheval, dit-elle en tirant la natte de Steffi. Regardez, elle a fait des tresses dans sa crinière. Pourquoi tu n'y mettrais pas quelques plumes aussi, comme un cheval de cirque ?

Les filles de la bande de Sylvia ricanent. Sauf Vera qui détourne le regard et fait semblant de ne pas entendre.

Svante aime bien les nattes de Steffi. Parfois, quand il la croise dans la salle de classe, il essaie de les toucher. Steffi s'écarte pour échapper à ses grosses mains qui ne sont jamais très propres.

Vera, qui est une excellente imitatrice, singe souvent Svante : sa manière de bafouiller, son comportement maladroit. Aucun détail ne lui échappe et elle reproduit à la perfection ses gestes et ses expressions.

Il lui est également arrivé d'imiter la maîtresse pendant que celle-ci était allée chercher une carte dans l'atelier. Les élèves étaient pliés en deux de rire et ils ont eu du mal à retrouver leur calme quand elle est revenue. Une fois, Vera s'est amusée à agiter les mains et à rouler les « r » comme le prédicateur pentecôtiste, mais Britta et les enfants de l'école du dimanche se sont fâchés.

Sylvia a, bien entendu, remarqué l'intérêt que Svante porte à Steffi.

– La princesse de Vienne a un admirateur, la nargue-t-elle. La princesse et le crapaud, exactement comme dans les contes. Mais je doute que Svante se transforme en prince.

Un jour à midi, alors que tout le monde est installé dans la salle de classe avec ses tartines et sa bouteille de lait, Svante sort un sac marron de son cartable et le donne à Steffi. Il est plein de taches de graisse et elle croit d'abord que Svante lui offre son repas.

– Non merci, dit-elle poliment. Moi aussi, j'ai apporté des tartines.

Svante éclate de rire.

– Ce ne sont pas des tartines. C'est un cadeau. Pour toi.

– Ouvre ! dit Britta qui est assise à côté de Steffi.

– Mais oui, ouvre ! dit Sylvia en se penchant en avant pour mieux voir. Montre-nous ce que ton admirateur t'a acheté.

– Je l'ouvrirai à la maison, dit Steffi et elle essaie de glisser le paquet dans son cartable.

Mais Svante se vexe.

– Ouvre ! dit-il. Je veux voir quand tu l'ouvres.

Steffi n'y échappera pas. Elle enlève le papier et trouve un tableau dans un cadre grossier.

– Tourne-le ! s'impatiente Svante.

Steffi retourne le tableau et découvre un visage connu qu'elle a vu des milliers de fois dans les journaux, sur des affiches, dans les vitrines à Vienne. La mèche noire, la petite moustache, le regard dur. L'image est floue. Peut-être a-t-elle été découpée dans un magazine. C'est le portrait de Hitler. Encadré.

– C'est moi qui ai fait le cadre, dit Svante. Il te plaît ?

Steffi essaie de comprendre.

Elle a vu cet homme en chair et en os. Au mois de mars l'année dernière. Les soldats allemands faisaient un défilé triomphal à travers Vienne. Hitler avait parcouru la ville dans une Mercedes noire, acclamé par une foule enthousiaste.

Steffi et Evi étaient allées regarder le défilé malgré l'interdiction de leurs mères. Au départ, c'était festif et exaltant.

– *Heil Hitler ! Heil Hitler !*

Les gens se bousculaient pour être bien placés. Beaucoup tendaient leur bras pour faire un salut nazi. Tout d'un coup, une grosse femme avait repoussé les filles et un homme en uniforme les avait regardées de façon désagréable. Steffi et Evi avaient essayé de sortir de la foule mais elles s'étaient trouvées coincées contre un mur jusqu'à ce que le défilé se termine et que les gens se dispersent.

– Montre-moi ! dit Sylvia. C'est quoi ?

Elle cherche à prendre le tableau des mains de Steffi qui refuse de le lâcher. Une bouteille posée sur la table se renverse dans la bousculade. Le tableau est aspergé de lait.

– Tu ne l'aimes pas ? demande Svante déçu. Je pensais que tu allais le trouver joli. Tu viens bien d'Allemagne, non ?

Il se penche vers Steffi en appuyant ses grosses mains sur sa table. Son visage boutonneux est tout près du sien.

– Laisse-moi ! crie Steffi. Fiche-moi la paix ! Imbécile !

La maîtresse entre dans la salle.

– Que se passe-t-il ? demande-t-elle.

– C'est Steffi, explique Sylvia. Svante lui a fait un cadeau mais elle n'en veut pas. Elle l'a traité d'imbécile.

– Stephanie, dit la maîtresse d'une voix ferme. Ce n'est pas ainsi que nous nous exprimons dans cette école. Peut-être le faites-vous à Vienne, mais en Suède ce n'est pas acceptable.

Steffi part en courant. Elle dévale les escaliers et sort dans la cour où elle jette le tableau par terre et le piétine. Elle casse le cadre, écrase l'épouvantable visage avec son talon, puis ouvre la porte des cabinets et fait tout disparaître dans la fosse puante.

16

– Tu comprends bien que Svante n'avait pas de mauvaises intentions, dit Britta sur le chemin du retour. Ce n'est pas sa faute s'il est bête. Mets-toi à sa place. Il redouble la sixième pour la deuxième fois et il ne connaît pas encore ses tables de multiplication ! Il ne sait rien de Hitler. Il croyait te faire plaisir en t'offrant quelque chose qui te rappelle ton pays.

Steffi s'arrête.

– C'est toi qui ne comprends rien. Tu es aussi bête que Svante ! Tu ne sais rien. Rien !

– Mais si. Je sais que Hitler est quelqu'un de mauvais. Papa me l'a dit, mais…

– Ton père ne sait rien, lui non plus, l'interrompt Steffi. Mon père a été dans un camp de concentration, mais je suppose que tu ne sais même pas ce que c'est !

Elle est injuste et elle en est consciente. Elle tourne le dos à Britta et s'en va en courant.

– Attends-moi ! crie Britta. Attends !

Elle rattrape Steffi juste avant le croisement où leurs chemins se séparent.

– Tu viens demain à l'école du dimanche ? demande-t-elle tout essoufflée.

– Non.

– Jésus sera triste si tu ne viens pas.

Steffi s'arrête et foudroie Britta du regard.

– Jésus n'existe pas, dit-elle d'une voix dure. Jésus est mort. Il se fiche complètement de moi. Et de toi. Et de tout le monde.

Britta écarquille ses petits yeux pâles qui se remplissent de larmes. Elle fait quelques pas en arrière.

– Mais si, il existe, crie-t-elle. Il existe et il m'aime ! S'il se fiche de toi, c'est parce que tu es mauvaise ! Tu n'es pas… tu n'es pas une vraie chrétienne !

Elle s'en va en sanglotant.

Steffi regrette aussitôt ses paroles. Non pas que l'amitié de Britta soit très importante. Elle en a assez de son comportement mièvre et de sa manière de mettre Jésus à toutes les sauces. Elle en a aussi assez de sauter à la corde.

Mais sans Britta, elle va se retrouver seule. Seule pendant les récréations, seule sur le chemin du retour. Et si jamais Britta rapporte à sa mère ce que Steffi vient de dire, et qu'elle, à son tour, le raconte à tante Marta… Tante Marta comprendra que Steffi a seulement fait semblant de croire que Jésus est le fils de Dieu. C'est comme si elle avait menti. Peut-être pire encore.

Devrait-elle essayer de rattraper Britta ? Devrait-elle lui demander pardon et dire qu'elle s'est trompée ? Mais c'est trop tard. Britta est partie. Elle habite seulement à une cinquantaine de mètres plus loin et elle a sûrement déjà commencé à raconter à sa mère ce qui s'est passé à l'école. Elle doit être en train de lui parler de Steffi, de Svante, de l'image de Hitler. De la dispute. De ce que Steffi a dit sur Jésus. La mère de Britta a peut-être même déjà pris le téléphone pour appeler tante Marta.

Il commence à pleuvoir. Steffi rentre en passant devant la maison de tante Alma. Il y a de la lumière. Elle imagine Nelli et les petits dans la cuisine chaleureuse en train de manger des brioches. Partout derrière les fenêtres éclairées, il y a des familles qui s'aiment et qui se parlent. Il n'y a qu'elle qui soit seule.

Quand elle sort du village, elle n'est plus à l'abri du vent. La pluie, poussée par les rafales, tombe presque à l'horizontale. Elle avance péniblement en se protégeant le visage des gouttes qui piquent comme des aiguilles. Dans le petit bois, il fait un peu meilleur mais quand elle descend la longue côte, la violence du vent lui coupe le souffle.

Elle aurait dû courir les derniers mètres pour se réfugier dans la maison. Elle se serait débarrassée de ses vêtements mouillés et se serait réchauffée en se frottant la peau avec une serviette de lin bien rugueuse. D'habitude, quand il fait mauvais comme aujourd'hui, tante Marta l'attend avec du lait chaud.

Mais elle continue son chemin et descend jusqu'à la mer. Le varech en décomposition rend les pierres glissantes et elle a du mal à arriver jusqu'à l'étroite bande de sable sans tomber. Soudain, elle se fait surprendre par une grosse vague qui se jette sur elle. Elle l'évite de justesse mais ses chaussures se remplissent d'eau et ses bas sont trempés jusqu'aux genoux.

C'est dangereux d'avoir froid aux pieds. On peut attraper une pneumonie et mourir.

Si elle mourait, est-ce que quelqu'un sur l'île la regretterait, à part Nelli ? Qui préviendrait ses parents ? Oncle Evert l'enterrerait peut-être ici, au bord de l'eau. Comme le marin dans une chanson que tante Alma chante souvent et dont la fiancée s'est noyée parce qu'il l'avait trahie. Le marin met une ancre sur la tombe de la malheureuse à la place d'une croix. La chanson, qui ressemble un peu à un chant religieux, s'appelle « La tombe au bord de l'eau ». Elle est très belle et très triste.

L'eau est noire et glaciale. « La fille a dû se noyer en été, se dit Steffi. »

Elle longe la mer jusqu'au hangar en passant devant la barque qu'oncle Evert a remontée et retournée sur le sable. Elle s'aperçoit que la porte n'est pas fermée à clé.

À l'intérieur, ça sent le poisson et le goudron. Des tonneaux et des caisses sont empilés le long des murs et des filets sont accrochés au plafond. Un peu plus loin, Steffi devine une rame cassée, un vieux tabouret auquel il manque un pied et des objets qu'elle n'arrive pas à identifier dans le noir. Elle s'assied sur une bâche dans un coin et retire ses chaussures mouillées. Puis, elle se glisse en dessous et s'endort.

Quelqu'un l'attrape par l'épaule et la secoue.

– Réveille-toi ! Réveille-toi, petite !

Steffi ouvre les yeux et voit oncle Evert penché sur elle. Il lui donne des petites tapes sur la joue, mais cesse quand il s'aperçoit qu'elle est réveillée.

– Mon Dieu, que fais-tu ici ? demande-t-il.

Steffi ne sait pas s'il est fâché ou inquiet.

– Je me suis endormie, répond-elle bêtement. Je n'ai pas fait exprès. Pardon.

– Trempée jusqu'aux os comme un chaton noyé, dit oncle Evert en soulevant la bâche. Qu'es-tu venue faire dans le hangar ?

– Pardon, répète-t-elle tout bas sans savoir de quoi elle veut se faire pardonner.

Oncle Evert la prend dans ses bras et la porte jusqu'à la maison.

– Je peux marcher, dit Steffi quand il passe sur les pierres glissantes. Je ne suis pas malade.

Mais elle est contente qu'oncle Evert continue à la garder dans ses bras. Elle s'y sent bien. Quand elle était petite, avant la naissance de Nelli, papa avait l'habitude de la porter pour la mettre au lit. Timidement, elle appuie sa tête contre l'épaule d'oncle Evert.

– Mon Dieu, s'exclame tante Marta à son tour quand oncle Evert entre dans la cuisine avec Steffi. Où l'as-tu trouvée ?

– Dans le hangar. Il s'est passé quelque chose ?

– Pas que je sache, répond tante Marta. Où sont tes chaussures ?

– Elles sont restées là-bas, chuchote Steffi. Je les ai enlevées. Elles étaient mouillées.

– Pourquoi es-tu allée te cacher dans le hangar ? demande oncle Evert. Quelqu'un a été méchant avec toi ?

– Oui, répond Steffi tout bas. Non, pas vraiment méchant…

Elle n'a pas assez de mots suédois pour expliquer.

– C'est une enfant étrange, dit tante Marta en aidant Steffi à enlever son manteau et son gilet. Elle a besoin d'un bain chaud, poursuit-elle quand elle voit Steffi trembler de froid. Laisse-nous seules, Evert.

Oncle Evert quitte la cuisine et ferme la porte derrière lui. Tante Marta met de l'eau à chauffer dans une grande bassine. Pendant ce temps-là, Steffi se déshabille. Elle a du mal à défaire les boutons avec ses doigts engourdis.

L'eau lui paraît brûlante. Ça fait mal quand son corps se réchauffe.

Tante Marta l'aide à s'essuyer le dos et lui apporte sa chemise de nuit mais elle refuse de s'occuper de ses cheveux. À la maison à Vienne, c'était toujours maman qui la coiffait. Elle prenait du temps pour les démêler et lui faisait une raie au milieu bien droite. Maintenant, ils sont pleins de nœuds et Steffi se bat avec le peigne pour les défaire. Finalement, elle y renonce. Ça fait trop mal.

Oncle Evert et tante Marta lui apportent un verre de lait chaud au miel dans sa chambre. Ils ne posent plus aucune question.

Le lendemain, Steffi est enrhumée et n'a pas besoin d'aller à l'école du dimanche. Elle échappe ensuite à la vraie école pendant toute une semaine.

Oncle Evert reste à la maison, lui aussi, car la tempête l'empêche de sortir en mer. Ils passent du temps ensemble à se raconter des histoires et à jouer au morpion.

Chaque fois que le téléphone sonne, Steffi sursaute, craignant que ce soit la mère de Britta qui appelle. Mais ce n'est jamais elle.

17

Le jour où Steffi retourne à l'école, il neige à gros flocons mouillés qui fondent dès qu'ils atteignent le sol.

Svante ne cherche plus à toucher ses nattes. Ça au moins, c'est un soulagement.

Britta demande à parler à Steffi pendant la récréation. Elle met du temps avant d'aborder le sujet. Visiblement, elle veut faire durer le suspens.

Steffi regarde les flocons qui virevoltent dans l'air. Elle n'a pas l'intention de tendre la perche à Britta. Si elle a quelque chose sur le cœur, c'est à elle de commencer.

Britta se racle la gorge.

– J'ai décidé de te pardonner, commence-t-elle sur un ton solennel. Je pense que Jésus te pardonnera aussi.

– Merci, répond Steffi en prenant un air repenti.

– Ma mère dit qu'il faut avoir de la patience et ne pas être trop sévère dans nos jugements, poursuit Britta. Tu as passé toute ta vie dans le royaume des péchés. Ce n'est pas de ta faute.

Le royaume des péchés !

Steffi s'apprête à protester mais Britta reprend la parole.

– Je veux bien t'aider. Est-ce que je peux venir chez toi cet après-midi ?

– Je ne sais pas… hésite Steffi ; mais Britta ajoute aussitôt :

– Ma mère a déjà parlé avec madame Jansson. Elle est d'accord.

– Ah bon, murmure Steffi.

Manifestement, quelque chose se trame derrière son dos.

Les deux filles quittent ensemble l'école. Britta parle sans interruption de l'école du dimanche, d'une nouvelle chanson qu'ils ont apprise le dimanche d'avant et surtout de l'approche de la Sainte-Lucie.

– Tu ne connais pas cette fête ? s'étonne Britta. Lucie, c'est la reine de la lumière.

– La reine de la lumière ?

Steffi ne comprend toujours pas.

Tout excitée, Britta se perd dans les détails en expliquant comment on célèbre cette fête.

– On élit une fille de la classe. Et six demoiselles d'honneur. Tout le monde vote.

– Qu'est-ce qu'il faut pour être élue ?

– Il faut être jolie, répond Britta en poussant un soupir à peine audible avant d'ajouter : et il faut savoir chanter.

– Vera a une belle voix. Et elle est jolie.

– D'habitude, c'est Sylvia que nous choisissons.

Elles montent la dernière côte. Britta a du mal à suivre.

– Ne marche pas si vite, se plaint-elle, j'ai un point de côté.

Steffi a envie de l'embêter. Au lieu de l'attendre, elle accélère.

– Moins vite ! crie Britta.

Steffi s'arrête seulement une fois arrivée en haut. Elle regarde la mer. Un phare clignote au loin. La lumière est blanche, mais il suffit d'avancer un peu pour voir aussi une lumière rouge. Oncle Evert lui a expliqué que les bateaux doivent se laisser guider par la lumière blanche. S'ils dévient de leur trajectoire, la lumière rouge les prévient de l'existence de récifs et de bas-fonds.

Britta la rattrape.

– Pourquoi ne m'as-tu pas attendue ? lui reproche-t-elle.

– Mais je t'attends.

Les yeux de Britta se rétrécissent de colère, puis elle se souvient de sa décision : elle doit faire preuve de patience.

– C'est là que tu habites ? demande-t-elle d'une voix douce.

– Le bout du monde, dit Steffi.

Britta n'a pas l'air de comprendre.

– Ils sont riches, n'est-ce pas ? Les Jansson ?

Steffi n'a jamais pensé à tante Marta et à oncle Evert en ces termes. « Riches ». Ils ont ce qu'il leur faut, c'est certain, mais tante Marta s'occupe elle-même des tâches ménagères. Oncle Evert garde son bleu de travail et sent le poisson, même au bout de plusieurs jours passés à la maison.

– Pas spécialement, dit-elle.

– Et ta famille à Vienne ? Elle est riche, n'est-ce pas ?

Steffi revoit leur grand appartement, leurs beaux meubles et leurs tapis épais. Elle revoit aussi les vêtements élégants de maman, ses fourrures, ses chapeaux. Le bureau de papa tapissé de bibliothèques pleines de livres reliés cuir. Tout ce qu'ils ont été obligés de laisser quand les nazis ont pris leur appartement et le cabinet médical de papa.

– Plus maintenant, dit-elle rapidement.

Tante Marta ouvre la porte comme si elle les attendait.

– Bienvenue chez nous, Britta, dit-elle. Entre.

Pendant qu'elles se débarrassent de leurs manteaux, tante Marta demande des nouvelles de la mère de Britta, de sa grand-mère et d'un tas de gens dont Steffi n'a jamais entendu parler. Britta répond poliment.

– Montre ta chambre à ton amie, dit tante Marta. Tout à l'heure, je vous apporterai du jus de fruits et des brioches.

Les deux filles montent chez Steffi. Britta promène son regard autour d'elle. Elle fait un sourire en voyant l'image de Jésus, puis elle montre du doigt les photos sur la commode.

– Ce sont tes parents ?

– Oui.

Après un coup d'œil rapide sur le portrait du père de Steffi, elle observe attentivement celui de sa mère. L'espace d'un instant, Steffi voit sa mère à travers le regard de Britta. Ses cheveux permanentés, ses lèvres maquillées, le boa autour de son cou. Elle est si différente des femmes de l'île avec leurs chignons austères, leurs visages sans maquillage, leurs robes en coton.

Elle sait très bien que Britta pense que sa mère est superficielle, frivole. Qu'elle est comme les actrices dans les magazines que Sylvia apporte à l'école de temps en temps pour montrer aux autres filles.

– Ce n'est pas vrai, a-t-elle envie de dire. Elle n'est pas comme ça. On a bien le droit d'être jolie, non ?

Elle se souvient du visage de sa mère dans la lumière blême de la gare, le matin de leur départ. Le rouge à lèvres le rendait encore plus pâle. Elle avait de fines rides autour de la bouche que Steffi n'avait jamais remarquées auparavant. Maman avait passé une grande partie de la nuit à faire et à défaire leurs valises sans pouvoir se décider de ce qu'il fallait y mettre. En quittant l'appartement, elle avait oublié les sandwiches préparés la veille. Ils avaient été obligés de remonter les chercher.

– Tu as autre chose de Vienne à me montrer ?

Steffi ouvre le dernier tiroir de la commode et sort ses trésors. Britta commence par écrire quelques mots avec le stylo puis jette un regard curieux sur le journal intime et l'ouvre. Ce n'est pas gênant puisqu'elle ne comprend pas l'allemand. Elle admire la petite ballerine et essaie les bijoux. Soudain, le mouchoir au fond du tiroir attire son attention.

– Qu'est-ce que c'est ? demande-t-elle en se saisissant du paquet avant que Steffi ait eu le temps de l'en empêcher.

– Donne-le-moi !

– Je veux voir ce que c'est, dit Britta.

– Rends-le-moi !

Steffi attrape le bras de Britta. Puis tout se précipite. Britta ouvre le mouchoir, Steffi la tire par le bras pour l'en empêcher, tante Marta surgit dans la chambre un plateau à la main. Mimi tombe et se brise par terre.

– Pard… Pardon, balbutie Britta. Je n'ai pas fait exprès.

– Qu'est-ce que c'est ? demande tante Marta d'une voix sévère. Elle ramasse la tête cassée du chien. Il est à toi, Steffi ? D'où vient-il ?

– Ce n'est pas ma faute, pleurniche Britta. Je voulais seulement le regarder.

– Alma a un chien comme celui-ci, reprend tante Marta. C'est le sien ? Tu l'as pris chez elle ?

Steffi regarde les restes de Mimi : une patte, la queue, le petit plateau sur lequel il était posé et des éclats de faïence impossibles à rassembler.

– Alors ? Tu l'as pris ?

– Oui, dit Steffi tout bas. Mais j'avais l'intention de le remettre à sa place.

– Tu es donc une voleuse.

La phrase cingle comme un coup de fouet.

– Il faut que je rentre maintenant, dit Britta.

– Oui, il vaut mieux, consent tante Marta. Steffi, va chercher le balai. Puis, tu iras t'excuser auprès de tante Alma.

Tante Marta accompagne Britta jusqu'à la porte. Steffi ramasse les morceaux de faïence et les jette à la poubelle.

18

Pendant que tante Marta s'entretient au téléphone avec tante Alma, Steffi reste sur son lit à attendre le verdict. Sera-t-elle obligée de sortir dans le noir pour aller s'excuser ? Aura-t-elle une autre punition ?

Le regard d'aigle de tante Marta découvre un minuscule éclat de faïence par terre.

– Ramasse-le, ordonne-t-elle.

Steffi obéit. Le morceau est si petit qu'elle a du mal à l'attraper.

– Tante Alma et moi avons décidé ensemble que tu n'iras pas chez elle ce soir. Pour pouvoir te repentir, il faut que tu aies le temps de réfléchir à ce que tu as fait. Dimanche, tu raccompagneras Nelli après l'école et alors, tu demanderas pardon à tante Alma.

Steffi est soulagée. Pour commencer. Mais au fur et à mesure que le temps passe, l'attente lui pèse. Il reste encore quatre jours avant dimanche. Quatre jours interminables.

Le lendemain, Britta lui tourne le dos et s'installe

au bord de la table comme si Steffi était atteinte d'une maladie contagieuse.

– Aujourd'hui, nous allons choisir notre Lucie, dit la maîtresse. Quelles sont vos propositions ?

Barbro agite la main.

– Oui, Barbro ?

– Je trouve que Sylvia devrait être la Lucie.

– D'autres propositions ?

Personne ne dit rien. Personne ne lève la main.

– C'est tout ?

Margit, une fille effacée et silencieuse, une de celles qui sautent à la corde avec Britta, lève timidement la main.

– Margit ?

– Sylvia, dit-elle d'une petite voix.

– Elle a déjà été proposée. Il n'y a donc aucune autre candidate ?

– Si, fait Steffi.

– Dans cette classe, nous levons la main avant de parler, dit la maîtresse sur un ton de reproche. Eh bien ?

– Vera, dit Steffi. Je pense que Vera serait une bonne Lucie.

Quelqu'un ricane. Un crayon tombe par terre. Vera, l'air embarrassé, se retourne et regarde rapidement Steffi. Sylvia rejette la tête en arrière et sourit avec désinvolture.

– Bon, conclut la maîtresse. Nous devons donc voter.

Vera lève la main.

– Je ne veux pas être la Lucie, dit-elle. Sylvia sera bien mieux que moi.

– C'est à la classe de décider.

Ingrid, la déléguée, est chargée de distribuer des petits bouts de papier sur lesquels chaque élève doit inscrire le nom de sa candidate. La maîtresse marque *Sylvia* et *Vera* en haut du tableau noir.

Quand tout le monde a fini, Ingrid ramasse les papiers et les donne à la maîtresse qui commence aussitôt à dépouiller le scrutin.

– Vera, lit-elle en mettant un trait sous son nom au tableau.

Steffi pense que c'est son bulletin. Elle sera probablement la seule à voter pour Vera.

– Vera, dit la maîtresse de nouveau et marque un deuxième trait. Vera. Vera.

Au fur et à mesure qu'elle ouvre les petits papiers, le nombre de traits sous le nom de Vera augmente. En revanche, il y en a très peu sous celui de Sylvia.

– Vera. Vera. Vera. Sylvia. Vera. Vera.

Le résultat final est vingt-six voix pour Vera et seulement cinq pour Sylvia.

– Une Lucie rousse, s'exclame Sylvia sans lever la main. C'est une première !

– Vera, tu seras donc notre Lucie cette année.

Vera a l'air malheureux.

– Ma robe est trop courte, dit-elle.

– Tu déferas l'ourlet, lui conseille la maîtresse. Ou alors, tu ajouteras une bande de tissu en bas si c'est nécessaire. On te prêtera la couronne.

– Elle n'aura pas besoin de bougies puisque ses cheveux ont déjà la couleur du feu, fait remarquer Barbro.

– Qu'est-ce qu'il vous prend aujourd'hui ? demande la maîtresse. Le prochain qui parle sans lever la main sortira dans le couloir. Sylvia sera quand même demoiselle d'honneur, n'est-ce pas ?

La classe approuve.

– J'ai une autre proposition, poursuit la maîtresse. Stephanie ne connaît pas la fête de la lumière et cette année sera peut-être l'unique occasion pour elle de la découvrir. Je propose qu'elle fasse partie du défilé.

Personne ne dit rien. Il n'y a ni approbation ni désapprobation.

Barbro, Gunvor, Majbritt et Ingrid sont ensuite choisies pour être demoiselles d'honneur, en plus de Sylvia et de Steffi. Toutes, sauf Ingrid, font partie de la bande de Sylvia.

Au moment de la récréation, alors que les enfants quittent la salle, la maîtresse interpelle Steffi.

– Il te faudra une longue chemise blanche, explique-t-elle. Madame Jansson t'aidera à en trouver une. Et une couronne de feuilles d'airelles à mettre sur la tête.

Steffi essaie de retrouver Vera dans la cour, mais elle ne la voit nulle part. En revanche, Sylvia est là et elle la fusille du regard en chuchotant à l'oreille de ses amies.

– Tu me paieras ça, dit-elle, les dents serrées, quand elles remontent dans la salle de classe.

La journée traîne en longueur. Steffi a du mal à suivre et se fait sans cesse réprimander par la maîtresse. Elle essaie de se concentrer sur Charles XII et sur la guerre contre la Russie mais les paroles de la maîtresse disparaissent parmi les problèmes qui tourbillonnent dans sa tête : le chien cassé, les excuses qu'elle doit présenter à tante Alma, la réaction étrange de Vera, la menace de Sylvia et la chemise blanche qu'il faudra trouver.

– Stephanie ?

Son nom surgit du brouillard de ses pensées.

– Je n'ai pas entendu la question, murmure-t-elle.

La maîtresse se tourne vers Britta qui, bien entendu, connaît la réponse. Britta est forte quand il s'agit d'apprendre par cœur, que ce soit les cantiques, les dates, l'altitude des montagnes ou les capitales.

Ils ont une dictée en dernière heure. C'est ce que Steffi aime le moins. Elle parle le suédois de mieux en mieux, mais l'écriture reste difficile et l'orthographe lui paraît presque insurmontable.

– « Les pilotes côtiers étaient déjà montés à bord du bateau », lit la maîtresse. « Ils se dirigent maintenant vers le large pour intercepter le navire à la dérive… »

Steffi plonge son stylo dans l'encrier. Comment s'épelle « intercepter » ?

… *intersepter le navire…*, écrit-elle.

– « … qui louvoie entre les vagues gigantesques… », continue la maîtresse.

Elle a dû rater quelque chose. Mais quoi ? Steffi cherche à imaginer les mots manquants mais entre-temps elle a déjà oublié ce que la maîtresse vient de dire.

Elle capitule et pose son stylo sur la table.

– Stephanie ? dit la maîtresse. Pourquoi n'écris-tu pas ?

– Je n'y arrive pas.

– Qu'est-ce que tu as aujourd'hui ? s'impatiente la maîtresse. Tu es encore malade ?

Steffi fait non de la tête mais le regrette aussitôt. Elle aurait pu dire qu'elle se sentait fiévreuse, ça lui aurait permis de rentrer.

– Alors, remets-toi au travail.

La maîtresse poursuit la dictée et Steffi reprend son stylo. Les mots sont toujours aussi récalcitrants. La sonnerie vient finalement la libérer.

Steffi quitte l'école. Seule. Britta ne lui a pas adressé un mot de la journée. Elle aperçoit une chevelure rousse sur la route devant elle et presse le pas pour rattraper Vera. Elle est forcément contente d'avoir été élue.

Mais Vera est furieuse.

– Pourquoi as-tu fait ça ? dit-elle.

– Quoi donc ?

– Ne te mêle pas de ce qui ne te regarde pas. Sylvia ne me le pardonnera jamais.

– Mais c'est avec *moi* qu'elle est fâchée.

– Tu ne comprends rien, hurle Vera. Idiote ! Tu as tout gâché !

– Ce n'était pas mon intention… commence Steffi, mais Vera ne l'écoute pas.

Elle s'en va, ses cheveux roux flottant au vent.

19

– Steffi ? On va te renvoyer à la maison maintenant ? demande Nelli quand elles reviennent ensemble de l'école du dimanche.

– Non ! la rabroue Steffi. Tu sais bien que c'est impossible de retourner à la maison ! C'est la guerre, bêtasse !

Ils ne peuvent pas la renvoyer chez elle. Quoi qu'elle fasse. Mais ils peuvent l'envoyer ailleurs. Dans une autre famille ou dans une institution. Dans un lieu où elle n'aura même pas Nelli avec elle.

Nelli se tait. Arrivées à la barrière, elle cherche à consoler sa sœur :

– Si jamais on te renvoie, tu seras au moins avec papa et maman.

Elle ouvre la porte en criant :

– Mère ! Nous sommes là !

Mère ? Nelli appelle tante Alma « mère » ?

Steffi bouillonne de colère.

– Elle n'est pas ta mère, dit-elle, avant d'être interrompue par tante Alma qui vient à leur rencontre.

Tante Alma emmène Steffi dans la salle de séjour et ferme la porte de la cuisine où Nelli s'amuse avec les petits. Elle s'installe devant la table.

Steffi s'assied au bord de la chaise en la tenant des deux mains, comme si elle avait peur de tomber.

– Pour quelle raison l'as-tu pris ? demande tante Alma d'une voix dure que Steffi ne lui connaissait pas.

– Pardon, murmure Steffi. Je suis désolée qu'il se soit cassé.

– Ce n'est pas à cause du chien que je suis triste, dit tante Alma. C'est parce que tu l'as pris sans me demander la permission. Tu ne comprends donc pas que c'est du vol ?

– J'avais l'intention de le remettre à sa place.

Steffi n'ose presque plus respirer.

– On n'a pas le droit de prendre ce qui ne nous appartient pas, dit tante Alma. « Tu ne voleras pas. » Vous avez bien parlé de ça à l'école du dimanche, n'est-ce pas ?

– Je le savais déjà, s'offusque Steffi.

Tante Alma a l'air de penser qu'elle ne savait rien avant d'arriver en Suède. Les Dix Commandements n'ont tout de même pas été inventés sur cette île !

– Tu me déçois, poursuit tante Alma. Moi qui ai toujours pris ta défense.

Elle semble blessée, comme si elle croyait que Steffi avait pris le chien rien que pour lui faire de la peine.

– Pourquoi as-tu fait ça ?

Steffi ne répond pas. Tante Alma la scrute du regard.

– J'ai juste voulu le tenir un peu dans ma main.

Tante Alma soupire.

– Je regrette, dit Steffi. Je regrette vraiment. Je ne recommencerai plus jamais. Je vous en prie, tante Alma, pardonnez-moi.

Tante Alma lui fait un grand sourire et lui caresse la joue.

– C'est bien, dit-elle. Je te pardonne. À condition que tes regrets soient sincères.

Mais le calvaire ne s'arrête pas là. Le soir même, il y a un service religieux au temple pentecôtiste. Steffi est obligée d'accompagner tante Marta bien qu'elle soit déjà allée à l'école du dimanche le matin. Tante Marta lui fait signe de s'agenouiller.

– Prions ensemble, dit-elle.

Tante Marta commence à prier d'une voix forte et distincte. Elle demande à Jésus de conduire Steffi dans le droit chemin et de l'aider à ne pas commettre d'autres péchés. Steffi est rouge de confusion. Elle regarde discrètement autour d'elle pour voir si quelqu'un écoute.

– Prie ! lui dit tante Marta en lui donnant un coup de coude.

– Cher Jésus, commence Steffi, mais elle ne sait pas comment continuer. Cher Jésus… aide-moi à devenir gentille. Fais que je ne sois pas mauvaise. Fais aussi que Sylvia soit plus gentille. Et laisse-moi bientôt retrouver papa et maman.

– Demande-lui pardon, chuchote tante Marta.

– Pardonne-moi d'avoir pris Mimi dans l'armoire de tante Alma.

– Mimi ! Qu'est-ce que c'est que ces bêtises ?

s'insurge tante Marta une fois dehors. Seuls les êtres vivants ont le droit à un nom. Et les bateaux, bien entendu.

Steffi ne dit rien. Elle a pensé à un être vivant qui s'appelait Mimi. Un petit chien avec des taches marron dans sa fourrure blanche et une truffe noire et humide.

Avant d'aller au lit, elle prépare son cartable. Elle écrit les paroles de la chanson de Lucie sur une feuille. Il faut les connaître par cœur pour mercredi, le jour de la Sainte-Lucie. L'air est difficile mais elle a décidé de chanter tout bas, peut-être bougera-t-elle seulement les lèvres.

Elle n'a toujours pas parlé avec tante Marta de la robe blanche. Il sera bientôt trop tard. C'est déjà dimanche. Il est peu probable que tante Marta ait envie d'aller jusqu'à Göteborg pour en acheter une. Le problème semble insoluble.

Tante Marta, assise sur la chaise à bascule, feuillette un journal.

– Voilà, fait Steffi, mercredi c'est la fête de la Sainte-Lucie.

Tante Marta lève les yeux.

– Ah oui ?

– Je vais être demoiselle d'honneur.

– Très bien.

Elle hoche la tête et tourne une feuille du journal. Steffi se lance :

– J'ai besoin d'une longue robe blanche.

– On va bien pouvoir arranger ça, répond tante Marta d'une voix presque aimable. Maintenant, va te coucher.

La veille de la Sainte-Lucie, Steffi trouve sur son lit un vêtement bien repassé et consciencieusement plié. Elle le défait. C'est une longue chemise de nuit en pilou boutonnée jusqu'au cou. Le fond est blanc mais on devine encore une impression délavée de fleurs bleues.

Steffi avait imaginé la robe de la Lucie différente. Plus belle avec des dentelles et des rubans, comme une robe de mariée. Mais tante Marta doit bien connaître les coutumes du pays. Elle replie la chemise, l'enveloppe dans du papier de soie et la range dans son cartable.

Le matin suivant, elle part à l'école une heure plus tôt que d'habitude. Il faut répéter le défilé avant l'arrivée des autres élèves. Le vent souffle de l'est et elle reçoit la neige en pleine figure.

Quand elle arrive à l'école, la maîtresse a déjà fait entrer les filles dans la salle de classe. Les garçons se changent dans la salle d'à côté.

Vera est vêtue d'une longue tunique blanche toute simple avec un petit col rond. La maîtresse est en train de nouer un large ruban rouge autour de sa taille. Sylvia tourne sur elle-même pour bien montrer sa robe qui est très belle et dont le col et les manches sont bordés de dentelles.

Ingrid, la déléguée de classe, se change dans un coin. Steffi se met à côté d'elle et commence à se dévêtir. Elle grelotte de froid. Elle enfile rapidement la chemise de tante Marta. Les manches sont un peu trop longues et la gênent pour fermer les boutons. Ingrid lui jette un œil distrait, puis se fige.

– Regardez, crie Barbro. Regardez Steffi !

– Elle a une vieille chemise de nuit ! s'esclaffe Sylvia.

– À fleurs ! renchérit Barbro.

Gunvor et Majbritt rient aussi. Ingrid jette un regard furtif vers la maîtresse en esquissant un semblant de sourire. Seule Vera garde son sérieux. Elle est pâle et ne semble pas faire attention à ce qui se passe autour d'elle.

– Silence ! crie la maîtresse. Arrêtez immédiatement !

– Elle ne va pas garder ça ? dit Sylvia. Le défilé sera gâché. Déjà qu'elle ne sait pas chanter…

La maîtresse soupire.

– Attendez ici, dit-elle. Je vais lui trouver une autre robe. Ingrid, veille à ce que tout le monde soit calme.

Bien que la maîtresse ne s'absente que pendant une dizaine de minutes, Steffi a l'impression que ça dure des heures. Elle enlève la chemise de nuit et met son gilet par-dessus ses sous-vêtements pour ne pas avoir froid. Les autres filles se brossent les cheveux en bavardant. Vera récite le poème de la Sainte-Lucie.

– On n'aura presque pas le temps de répéter, rouspète Ingrid.

– Non, et à qui la faute ? rétorque Sylvia.

La maîtresse revient enfin avec une robe blanche. Elle est trop courte et il faut défaire l'ourlet.

– Ça ne se verra pas, dit-elle. Mais il faut que tu refasses l'ourlet chez toi avant de la rendre. Je l'ai empruntée à la femme du gardien. Sa fille ne peut plus la mettre.

Ils répètent les chansons deux ou trois fois avant

de se rassembler dans la salle d'à côté en attendant qu'il soit l'heure.

– Ça y est, on y va ! dit la maîtresse en ouvrant la porte.

Elle allume les six bougies de la couronne posée sur la tête de Vera. Les demoiselles d'honneur tiennent une bougie allumée dans leurs mains jointes. Le défilé avance solennellement dans le couloir où toute la classe est rassemblée. Steffi et Ingrid marchent juste derrière Vera, Sylvia et Barbro suivent, puis Gunvor et Majbritt et, pour finir, les deux garçons avec leurs chapeaux pointus et leurs étoiles dorées.

Il ne reste plus que quelques mètres à faire quand Steffi sent que quelque chose se passe derrière elle. D'abord, elle entend un crépitement. Puis une désagréable odeur de brûlé se répand dans la salle. Quelqu'un crie « Au feu ! ».

Steffi regarde sa natte droite. Le bout est calciné.

– Qu'est-ce qui s'est passé ? demande la maîtresse.

– Je ne sais pas, répond Sylvia l'air innocent. Elle a dû tourner la tête et ma bougie a touché sa natte. À moins que ce ne soit la bougie de Barbro.

– Oui, dit Barbro. C'est sûrement ça.

Steffi ne dit rien. Sylvia est son ennemie et elle est la plus forte.

20

Les grands ciseaux de cuisine sont lourds dans sa main. Elle tient fermement sa natte brûlée d'où se dégage encore une odeur de roussi.

La maison est silencieuse. Steffi est seule.

Elle commence par positionner les ciseaux à la hauteur du ruban qui maintient la natte. Puis un peu plus haut, et encore plus haut jusqu'à ce que le métal frôle son cou.

Son visage dans le miroir au-dessus du lavabo est pâle. Elle se regarde droit dans les yeux en serrant les deux branches de plus en plus fort. Ses cheveux sont épais et elle a besoin d'user de toutes ses forces. Finalement, les ciseaux se referment dans un petit bruit sec et la natte sectionnée reste dans sa main, pendouillant comme un serpent mort. Le miroir lui renvoie une image étrange. D'un côté, elle est bien Steffi mais de l'autre elle est une personne aux cheveux noirs hirsutes qu'elle ne connaît pas.

La porte d'entrée claque.

– Steffi ? appelle tante Marta. Tu es là ?

– Oui, répond-elle sans détacher ses yeux de la glace.

– Que fais-tu ?

– Rien de particulier.

– Il y a du courrier pour toi.

Steffi se précipite dans l'escalier, la natte à la main. Tante Marta ouvre grands les yeux.

– Qu'as-tu fait, ma fille ? Tu as complètement perdu la raison ?

– Je voulais seulement couper un petit bout. Je ne sais pas comment... je... je ne sais pas pourquoi j'ai fait ça.

– Bon, répond tante Marta. Les cheveux courts, c'est quand même plus pratique. Viens dans la cuisine.

Elle demande à Steffi de s'asseoir et lui noue un vieux drap autour du cou. Elle défait ensuite la deuxième natte pour égaliser les deux côtés. De grandes mèches tombent sur le journal étalé par terre. Avec beaucoup de délicatesse, elle rectifie finalement son travail en coupant les bouts à l'aide d'une paire de petits ciseaux de couture. Steffi garde tout le temps les yeux fermés. Elle a du mal à croire que les mains de tante Marta soient capables d'autant de douceur.

Steffi découvre le résultat dans la glace de l'entrée. La coupe n'est pas si mal mais elle ne se reconnaît pas. Son cou semble long et étroit et ses yeux paraissent plus grands. Quand elle bouge la tête, elle ne sent plus le poids de ses cheveux. Elle a l'impression d'être chauve. Tante Marta ramasse les mèches et les jette dans la poubelle. En voyant sa natte parmi les épluchures de pommes de terre, Steffi regrette de ne pas l'avoir gardée. Maintenant c'est trop tard.

C'est seulement une fois la cuisine nettoyée que tante Marta donne les lettres à Steffi. Il y en a deux.

Sur une des enveloppes, elle reconnaît l'écriture de son père et un timbre allemand. L'autre a été cachetée à Göteborg et expédiée par le comité d'accueil.

Son cœur cogne dans sa poitrine. Il y a forcément une raison pour que les deux lettres arrivent en même temps. Et si tout était arrangé ! Papa et maman ont peut-être obtenu une autorisation pour entrer en Amérique !

Tante Marta ouvre l'enveloppe du comité d'accueil bien qu'elle soit adressée à Steffi.

La lettre est écrite à la machine et les caractères ne sont pas très nets. Elle commence par « Chère » suivi de « Stephanie » rajouté à la main.

– *Chère Stephanie,* lit tante Marta à voix haute. *Le comité d'accueil te souhaite de bonnes fêtes de Noël et espère que tu te sens bien chez nous en Suède.*

Tante Marta lui jette un regard interrogateur par-dessus le rebord de ses lunettes. Steffi acquiesce en essayant de dissimuler son impatience. Mais oui, elle se sent bien ! Pourvu que tante Marta poursuive la lecture.

– … *obéir à tes parents d'accueil et te montrer reconnaissante de t'avoir ouvert leur maison… faire un effort pour améliorer tes connaissances en suédois… observer tes camarades suédois pour apprendre…*

Le découragement l'envahit petit à petit. Tous ces conseils seraient inutiles si elle doit bientôt s'en aller. Elle continue pourtant à attendre la fin de la lecture en s'efforçant de maintenir une lueur d'espoir jusqu'au bout.

– *N'oublie pas*, poursuit tante Marta, *qu'un enfant paresseux et ingrat nuit aussi bien à lui-même qu'à tout notre travail, oui, même à l'ensemble des Juifs.*

Tante Marta repose la lettre.

– Il n'y a rien d'autre ? demande Steffi.

– Seulement « meilleurs sentiments » et la signature.

Elle pousse la lettre vers Steffi qui la parcourt à toute vitesse. Rien que des recommandations.

– Ce sont de bons conseils, résume tante Marta. J'espère que tu les garderas à l'esprit. Tu devrais relire cette lettre de temps en temps.

Steffi la remet dans l'enveloppe, bien décidée à ne plus jamais la ressortir.

Aussitôt le repas terminé, elle monte dans sa chambre et ferme la porte. Ses mains tremblent quand elle ouvre enfin l'enveloppe de son père. Peut-être a-t-il, malgré tout, une bonne nouvelle à lui annoncer.

L'enveloppe contient deux feuilles, une avec l'écriture de papa et une avec celle de maman.

Chère petite Steffi, écrit papa. *Quand vous êtes parties, toi et Nelli, nous pensions nous séparer de vous pour un temps très court. Quatre mois se sont maintenant écoulés et tout semble indiquer qu'il faudra patienter encore quelque temps. Mes efforts concernant l'autorisation d'entrer en Amérique sont pour l'instant restés vains. Ce n'est pas bon signe, mais ne perdons pas espoir.*

« Ne perdons pas espoir. » Comment parvenir à en garder après tant de déceptions ? Les larmes de Steffi rendent floue la belle écriture de papa. Elle s'essuie les yeux et reprend sa lecture. Papa raconte qu'il a réussi à obtenir le droit de travailler à l'Hôpital juif.

C'est très dur. Nous ne sommes pas assez nombreux et nous manquons de matériel et de médicaments. Mais c'est la seule possibilité que j'aie actuellement d'exercer mon métier et je sens chaque jour qu'on a besoin de moi.

Ma chère Steffi, tu es grande et il te faut être courageuse. Prends soin de Nelli qui est plus jeune et qui ne peut pas comprendre la situation aussi bien que toi. Espérons que tout cela est passager et que nous allons bientôt nous retrouver. C'est une grande consolation pour ta mère et pour moi de savoir que vous êtes en sécurité, quoi qu'il arrive.

Papa termine sa lettre en lui demandant de présenter ses respects à sa « famille suédoise ». *Dis-leur combien nous leur sommes reconnaissants, maman et moi, de t'avoir accueillie.* Reconnaissance, reconnaissance, reconnaissance ! Elle pose la lettre aux lignes serrées et prend celle de sa mère.

Ma chérie, vous me manquez tant, toi et Nelli. Tous les jours je regarde vos portraits ainsi que la photo de notre promenade dans la Wienerwald. Mais ces images sont anciennes et vous avez certainement grandi grâce au climat sain du bord de mer. J'aimerais avoir de nouvelles photos. En avez-vous des récentes ? Peut-être avec vos familles suédoises ? Si oui, envoyez-les-nous. Si vous n'en avez pas, je suis certaine que vous pourrez demander à quelqu'un dans votre entourage d'en faire. Expliquez-lui que votre mère serait tellement heureuse de voir votre changement au bout de quatre mois en Suède.

Steffi passe sa main sur ce qui lui reste de cheveux et sur sa nuque dénudée. Que dira maman quand elle découvrira que sa fille n'a plus ses nattes dont elle était si fière ?

Cet été, juste après leur arrivée, tante Alma avait bien fait quelques photos de Steffi et de Nelli avec Elsa et John. Elle pourra toujours les envoyer en expliquant qu'ils n'en ont pas fait d'autres depuis.

Tôt ou tard, sa mère apprendra quand même la vérité. Heureusement, quand on se coupe les cheveux ils repoussent plus vite après. Pour le voyage en Amérique, ils lui descendront peut-être jusqu'aux épaules.

21

Sylvia ricane en voyant les cheveux de Steffi.

– Ça alors ! Je ne pensais pas que toute ta crinière avait brûlé.

– On dirait qu'elle s'est tondue avec des ciseaux à moutons ! s'esclaffe Barbro.

Steffi ne répond pas. À Vienne, elle avait de la repartie. Mais en suédois, elle n'est pas assez rapide et son vocabulaire est trop restreint. Elle préfère s'en aller.

La fête de Noël a lieu au temple. Steffi, émue par la beauté des cierges et des chants, est encore sous le charme quand elle entame le chemin du retour en compagnie de sa sœur.

– « Une rose vient d'éclore… », fredonne-t-elle.

– Sonja m'a fait un cadeau, dit fièrement Nelli. Mais il ne faut pas que je l'ouvre avant Noël. Cet après-midi, tante Alma va faire une photo de nous. Pour maman.

Steffi s'arrête.

– Qui a eu cette idée ?

– Maman m'a écrit qu'elle en voulait une. Elle ne t'a rien dit à toi ?

– Non, ment Steffi.

– Ah bon, à moi si. Et quand nous irons faire nos achats de Noël à Göteborg, j'achèterai un cadre. On ira dans une pâtisserie aussi.

– Il n'y a pas de pâtisseries à Göteborg, s'oppose Steffi. Pas de vraies, comme à Vienne.

– Mais si !

Steffi réalise soudain que Nelli lui a répondu en suédois.

– Pourquoi changes-tu de langue ?

– Et pourquoi pas ?

– Notre langue, c'est l'allemand.

– Je n'aime pas parler allemand quand il y a des gens autour.

– Tu te prends pour une Suédoise ?

Nelli ne répond pas. Elle sort un petit paquet de la poche de son manteau et le secoue près de son oreille.

– Papa et maman seraient tristes s'ils t'entendaient. Tristes et fâchés, continue Steffi.

Nelli remet le paquet dans sa poche sans rien dire. Elle boude.

Tante Alma les attend avec du sirop de framboises, des brioches au safran et des gâteaux au gingembre. Elle regarde attentivement leurs carnets de notes et les félicite pour leurs bons résultats.

– Quand votre suédois sera encore meilleur, vous serez chacune la première de votre classe, dit-elle.

– Le semestre prochain, nous serons en Amérique et il faudra apprendre l'anglais, rétorque Steffi.

Une ride d'inquiétude se creuse sur le front de tante Alma.

– Chère petite, dit-elle. Je ne pense pas qu'il faille compter sur un voyage en Amérique au printemps.

– Papa a écrit que… commence Steffi.

Elsa et John en ont assez de rester assis. Ils commencent à courir autour de la table en poussant des cris. Nelli descend discrètement de sa chaise et attrape John au passage. Elle le chatouille et il hurle de rire.

– Je suis certaine que ton père fait tout ce qu'il peut, reprend tante Alma. Mais c'est difficile de voyager maintenant qu'il y a la guerre.

Que signifie cette réflexion ? Faudra-t-il attendre la fin de la guerre pour s'en aller ? Et elle se terminera quand, la guerre ?

– Oui, mais l'Amérique n'est pas en guerre, essaie Steffi.

Pour tante Alma l'affaire est close. Elle a déjà reporté son attention sur les petits.

– Ne tachez pas vos vêtements, dit-elle. N'oubliez pas que nous allons faire des photos.

– Il est vraiment nécessaire d'en faire de nouvelles ? demande Steffi qui avait presque oublié cette nouvelle épreuve qui l'attend. Pourquoi ne pas lui envoyer celle que vous avez prise cet été ?

– Nelli m'a dit que votre maman aimerait avoir une photo récente. Et puisque aujourd'hui vous êtes bien habillées, c'est le moment, me semble-t-il.

Tante Alma leur demande de s'aligner en haut des marches. D'abord Steffi et Nelli seules, puis les quatre enfants ensemble.

– Il faudrait en faire une de moi aussi, dit-elle.

– Je ne sais pas me servir d'un appareil photo.

– C'est très simple. Je règle la distance et le diaphragme, tu n'auras plus qu'à appuyer.

Après avoir donné les explications nécessaires, tante Alma monte en haut des marches, prend John dans ses bras et les deux petites filles de chaque côté. Steffi tient solidement l'appareil et met son doigt sur le déclencheur. On entend un petit bruit métallique.

– Demain quand nous serons à Göteborg, je donnerai la pellicule à développer, dit tante Alma. Sigurd ira chercher les photos après les fêtes.

– Je croyais que maman les aurait pour Noël, dit Nelli déçue.

– Ce n'est pas possible, imbécile ! dit Steffi. Même une lettre ordinaire n'aurait pas le temps d'arriver à Vienne pour Noël si on l'envoyait maintenant.

– Arrête de faire ta crâneuse, répond Nelli en lui tirant la langue.

Steffi aide tante Alma à ranger après le goûter dans le secret espoir qu'elle lui proposera de les accompagner à Göteborg. Mais tante Alma ne dit rien.

Quand il est l'heure de se séparer, Nelli accompagne sa sœur jusqu'à la barrière.

– Steffi… commence-t-elle.

– Oui ?

– Je voudrais acheter un cadeau pour Sonja puisqu'elle m'en a offert un.

– Tu n'as qu'à lui acheter quelque chose à Göteborg.

Nelli fait non de la tête.

– Tante Alma va me donner de l'argent pour

acheter le cadre pour maman et un cadeau pour toi. Mais je n'en aurai pas assez pour Sonja. Tu ne pourrais pas m'en prêter un peu ?

Steffi n'a pas envie de dépenser le peu qu'elle possède pour cette insupportable Sonja. Elle n'a que la pièce de vingt-cinq öre que le marin lui a jetée il y a quelque temps et la couronne offerte par oncle Evert.

– J'ai besoin de mon argent. Moi aussi, j'ai des cadeaux à acheter.

– Comment je peux faire ?

– Je n'en sais rien. – Steffi hausse les épaules. – Tu n'as qu'à en demander un peu plus à tante Alma.

– Je ne peux pas.

– Alors, tu ne lui achètes rien.

– Sonja est ma meilleure amie, dit Nelli. Je suis sûre qu'elle m'a fait un beau cadeau.

– Tu peux toujours lui offrir quelque chose qui t'appartient. Quelque chose que tu as apporté de Vienne.

– Quoi, par exemple ?

– Ton collier en corail, répond Steffi sans réfléchir.

Les mots sortent de sa bouche malgré elle.

Nelli blêmit.

– Je ne peux pas m'en séparer. Il est à maman.

– Elle te l'a donné.

– Tu penses vraiment ce que tu dis ?

La voix de Nelli tremble.

– Oui. À moins que tu aies autre chose pour Sonja.

Nelli fait non de la tête.

– C'est toi qui décides, dit Steffi. Salut !

Elle s'en va mais se retourne déjà au bout de quelques mètres pour regarder Nelli. En la voyant si petite et toute seule devant la barrière, elle a envie de revenir sur ses pas pour lui dire que c'était une blague. Mais elle continue à marcher.

« Elle ne le donnera pas, se dit-elle. Non, elle ne le donnera pas. »

22

Pendant la semaine qui précède Noël, tante Marta et Steffi nettoient la maison de fond en comble. Elles accrochent une tapisserie avec des motifs d'hiver dans la cuisine et mettent une nappe décorée de lutins et de sapins sur la table de la salle. Tante Marta fait du pain et prépare le jambon pour le réveillon mais, quand elle commence à s'occuper du hareng, elle s'aperçoit qu'elle n'a plus de vinaigre blanc pour la marinade.

– Va à l'épicerie, dit-elle à Steffi, mais dépêche-toi, ne traîne pas en route.

Steffi prend un grand cabas et glisse la liste des commissions et le porte-monnaie de tante Marta dans la poche droite de son manteau. Dans la poche gauche, elle met son propre argent – la couronne et la pièce de vingt-cinq öre – destiné aux cadeaux de Nelli et d'oncle Evert. Pour tante Marta elle a fabriqué un gant de cuisine au cours de travaux manuels. Il est loin d'être parfait bien qu'elle se soit appliquée et que son professeur lui ait fait recommencer le travail trois fois.

Une petite cloche prévient l'épicier chaque fois que la porte s'ouvre. Quand Steffi entre dans le magasin, il est occupé à mettre le café en sachets. Derrière lui sur les étagères sont empilées des bouteilles et des boîtes de conserve. Par terre, il y a de gros sacs de farine, de sucre, de café et un tonneau en bois rempli de harengs. Deux bocaux contenant des bonbons et des caramels sont posés sur le comptoir.

Steffi est la seule cliente du magasin.

– Bonjour, dit-elle poliment.

L'épicier répond par un petit signe de tête rapide tout en poursuivant son travail.

Steffi attend patiemment qu'il daigne s'occuper d'elle.

– Bon. Que veux-tu ? finit-il par demander.

Elle sort la liste et commence à lire :

– Une bouteille de vinaigre blanc, 250 g de café, un kilo de flocons d'av…

Le marchand attrape une bouteille de vinaigre et la pose sur le comptoir. Il a juste le temps d'ajouter un sachet de café lorsqu'une dame entre dans le magasin.

– Que puis-je pour vous ? lui demande l'épicier.

– …oine… dit Steffi, puis elle se tait.

La liste de la dame est longue. Elle prend son temps, goûte à plusieurs fromages avant de faire son choix, prend quatre oranges après en avoir tâté au moins une vingtaine. Steffi change nerveusement de pied en pensant à tante Marta qui attend son vinaigre.

Soudain, Sylvia descend de leur appartement situé au-dessus. Elle s'approche de Steffi et se penche vers elle.

– Ma robe de Noël est bleue, dit-elle. La tienne est de quelle couleur ?

Steffi ne répond pas.

– Tu n'as pas une nouvelle robe pour les fêtes ?

– Si, ment Steffi. Mais ce sera une surprise.

– Je ne te crois pas, dit Sylvia avec un sourire narquois.

Puis elle s'assied sur un tabouret derrière le comptoir et commence à feuilleter un magazine. La dame arrive enfin au bout de sa liste, paie et ouvre la porte.

– Merci, chère madame, dit l'épicier.

Quand la dame est partie, il s'adresse de nouveau à Steffi.

– Qu'est-ce que tu voulais déjà ?

Steffi reprend :

– Un kilo de flocons d'avoine…

– Donne-moi ta liste, s'impatiente le marchand et il la lui arrache des mains. Des flocons d'avoine, de la levure, des petits pois…

Il sort les produits et les pèse au fur et à mesure de sa lecture. S'apercevant qu'il n'y a plus de boîtes de petits pois sur l'étagère, il se tourne vers Sylvia.

– Va m'en chercher une dans la réserve.

– Les pois sont trop haut. Je n'arrive pas à les attraper, répond-elle.

– Alors j'y vais, soupire son père. Surveille les bonbons pendant mon absence.

– Compte sur moi, dit Sylvia en souriant.

Steffi a les joues en feu. Comme si elle allait voler des bonbons !

Le marchand revient avec la boîte de petits pois, Steffi paie et reprend la monnaie.

– Je voudrais aussi voir quelques images, dit-elle.
– Tu as l'intention d'en acheter ?
– Oui.
– Ce n'est pas marqué sur ta liste. Tu as la permission ?

Si elle avait pu, Steffi aurait pris le cabas et serait partie en courant, mais il n'y a aucun autre magasin sur l'île et il faut qu'elle trouve des cadeaux pour Nelli et oncle Evert.

– J'ai mon propre argent, déclare-t-elle.
– Montre-le-moi.

Steffi sort la couronne et la pièce de vingt-cinq öre de sa poche gauche. Sylvia, cachée derrière son journal, suit avec curiosité la scène.

– Où as-tu rangé la monnaie que je t'ai rendue ?

L'épicier vérifie le contenu du porte-monnaie de tante Marta avant de sortir la boîte d'images. Steffi choisit deux paquets : l'un avec des anges entourés de nuages cotonneux, l'autre avec des petites filles tenant des corbeilles de fleurs. À oncle Evert elle achète des lames de rasoir.

Il reste encore une pièce de dix öre qui lui aurait permis de se payer un bonbon, mais elle y renonce.

Il neige quand Steffi sort du magasin et il commence à faire nuit. Tante Marta doit s'impatienter.

Le lourd cabas tape contre sa jambe, la poignée lui fait mal à la main et elle est obligée de s'arrêter souvent.

– Hé oh ! Steffi ! appelle une voix derrière elle.

C'est oncle Evert qui arrive du bateau.

– Ce cabas est bien trop grand pour une petite fille comme toi. Il vaut mieux que je m'en occupe, dit-il en attrapant le sac, soudain léger comme une plume.

– Tu as vu que la neige ne fond pas ? Nous aurons peut-être un Noël blanc cette année.

De sa grande main chaude il empoigne celle de Steffi.

– Tu vas voir que tout va s'arranger.

23

La veille de Noël, au moment d'échanger les cadeaux, Steffi s'inquiète subitement de la réaction de tante Marta. Elle trouvera peut-être le gant de cuisine moche et mal fait. Mais au lieu de lui faire des reproches, elle remercie gentiment et va tout de suite l'accrocher à côté de la cuisinière.

Steffi reçoit un bloc à dessin et une boîte de couleurs avec des pinceaux de la part d'oncle Evert. Tante Marta lui a tricoté un bonnet avec des gants assortis. Steffi s'étonne qu'elle ait pu faire ce travail sans qu'elle s'en soit aperçue. La laine dégage une légère odeur douceâtre qui ressemble à celle d'un produit antimite.

Le soir, alors que Steffi est couchée dans son lit, elle entend oncle Evert et tante Marta se parler dans leur chambre.

– Tu aurais quand même pu lui acheter une de ces babioles que les filles de son âge aiment bien, dit oncle Evert.

– Une babiole ! rechigne tante Marta. Elle a besoin de vêtements chauds.

– Les besoins d'un enfant ne sont peut-être pas si simples…

– Tu as l'air de croire que je ne sais pas ce qu'il lui faut !

– Je n'ai pas dit ça.

– Alors…

Ils se taisent. Au bout d'un moment, oncle Evert reprend :

– C'est une bonne petite. Je suis content que nous l'ayons accueillie.

Un coup de vent subit couvre la réponse de tante Marta.

Le lendemain, ils sont invités à une grande réunion de famille chez tante Alma et oncle Sigurd. Pour la première fois, Steffi réalise que tante Marta et tante Alma sont apparentées. Elles sont cousines germaines.

Nelli lui offre une belle boîte bleue aux dessins dorés remplie de bonbons fourrés de chocolat fondant.

– Quand tu les auras finis, tu pourras te servir de la boîte pour ranger des choses, explique Nelli.

Steffi s'aperçoit que sa sœur n'a pas mis son collier en corail bien que ce soit un jour de fête. Son petit cou potelé paraît nu.

– Que t'a donné Sonja ? demande-t-elle en passant.

– Une grenouille qui saute quand on appuie sur une petite poire en caoutchouc.

– Et toi, tu lui as fait un cadeau ?

Nelli fait oui de la tête.

– C'était quoi ?

Nelli ne répond pas. Elle détourne les yeux et son menton se met à trembler.

– Tu lui as donné le collier en corail ?

Nelli acquiesce.

– Imbécile ! fait Steffi. Maman va dire quoi, à ton avis ?

– C'est toi qui m'as dit de le faire !

– Mais c'était une blague !

– Pourquoi tu l'as dit alors ?

– Pour rire. Je ne pensais quand même pas que tu serais assez bête pour te séparer du collier de maman.

– Je vais lui écrire et lui expliquer que c'est ta faute, dit Nelli des larmes dans la voix.

– Ce qui est fait est fait, dit Steffi rapidement. Viens, on va voir Elsa et John.

Après Noël, le temps se refroidit encore. L'air de la mer est humide et âpre, le sel pique les joues et irrite le nez. Les îlots que Steffi voit de sa fenêtre sont coiffés de petits chapeaux de neige et ressemblent à des montagnes englouties par la mer et dont seuls les sommets émergent.

L'eau en bordure des plages et à l'intérieur des baies est transformée en une glace verdâtre, striée de blanc. Au large, la mer est gris acier. Steffi marche seule sur la grève et sent la fine pellicule se briser comme du verre sous ses pieds. De temps en temps, ses chaussures traversent la couche de glace et s'enfoncent dans le varech raidi par le froid.

Steffi aime bien toute cette neige qui, sous sa couverture blanche, dissimule la grisaille de l'île. Elle s'amuse à lancer des boules de neige sur les rochers qui dépassent. Elle fait des glissades sur la pente derrière la maison mais tante Marta lui demande d'arrêter pour ne pas user les semelles de ses chaussures.

Près de l'école, il y a une piste où Nelli passe des journées entières à faire de la luge avec ses amis. Tante Alma et oncle Sigurd lui en ont offert une pour Noël. Steffi pourrait la lui emprunter mais elle n'a pas envie de lui demander et, en plus, elle n'a personne avec qui jouer.

Oncle Evert revient le 31 décembre au matin. C'est une belle journée claire au ciel tout bleu. Il s'étonne de trouver Steffi enfermée dans sa chambre en train de dessiner.

– Tu devrais être dehors par un temps pareil, dit-il. Les enfants ont besoin de respirer l'air frais.

– Je suis déjà sortie ce matin.

– Tu sais qu'il y a plein de gosses qui font de la luge près de l'école ?

Steffi opine de la tête sans lever les yeux de son dessin. Oncle Evert la regarde un moment.

Après le café, il propose à Steffi de l'accompagner dehors. Elle boutonne son manteau et met son nouveau bonnet et ses gants. Oncle Evert lui tient la porte comme si elle était une adulte.

Une luge l'attend en bas de l'escalier. La couleur rouge est usée et écaillée par endroits mais les fines lattes de bois sont en bon état et les patins sont joliment recourbés.

– Elle te plaît ? demande oncle Evert.

– Elle est pour moi ?

– Oui, autant qu'elle serve. Depuis le temps

qu'elle traîne dans l'abri à bois. Je vais la repeindre mais je voudrais d'abord que tu l'essaies.

– À qui a-t-elle appartenu ? demande Steffi, mais oncle Evert s'est déjà éloigné et se dirige vers la petite descente derrière la maison.

Comme l'essai est concluant, oncle Evert suggère à Steffi d'aller tout de suite rejoindre les enfants près de l'école mais elle préfère commencer par la peinture.

Ils descendent la luge dans la cave et oncle Evert explique comment poncer le bois avec du papier de verre pour qu'il soit propre et bien soyeux. Il va ensuite chercher une boîte de peinture rouge.

Il faut du temps pour recouvrir tous les petits recoins entre les lattes, mais le résultat est splendide.

– Demain, la peinture sera sèche et tu pourras te servir de la luge, dit oncle Evert.

En fin de journée, dans la lumière bleutée du crépuscule, ils construisent une lanterne de neige devant la maison. Oncle Evert apprend à Steffi comment poser des boules bien rondes en cercle, puis en couches de plus en plus serrées jusqu'à ce qu'il ne reste plus qu'une petite ouverture au sommet. Steffi va ensuite demander une bougie à tante Marta et ils l'installent dans la lanterne. La flamme fait rougeoyer les boules et une lueur douce se répand sur la neige.

– Comme c'est beau, dit Steffi en retenant son souffle.

– Oui, c'est joli, consent tante Marta.

Ce sont des mots forts, venant d'elle.

Vu l'importance de la journée, ils prennent le

dîner dans la salle. Tante Marta a préparé du bœuf braisé avec des pommes de terre, de la sauce et des petits pois. C'est une vraie fête, même s'ils ne sont que trois.

À Vienne, ils avaient chaque année des invités le soir du 31 décembre. Toujours les mêmes : une famille avec deux enfants de l'âge de Steffi et Nelli. La table était joliment dressée avec une nappe blanche, des serviettes pliées, des assiettes aux bords dorés et des couverts en argent. Les chandelles donnaient des reflets de pierres précieuses au vin dans les verres des adultes. La femme de chambre, vêtue d'une robe noire et d'un tablier blanc, faisait le service pendant que la cuisinière s'affairait aux fourneaux.

Après le dîner, les quatre enfants étaient envoyés au lit. Bien trop excités pour dormir, ils continuaient à discuter à voix basse en attendant qu'on vienne les chercher à minuit moins le quart. Tous ensemble, ils sortaient ensuite sur le balcon pour écouter sonner les cloches des églises de la ville.

– Je peux rester jusqu'à minuit ? demande Steffi.

– Il n'en est pas question, répond sèchement tante Marta.

– Pourquoi donc ? intervient oncle Evert. Le jour de l'An n'arrive qu'une fois par an. Et un changement de décennie seulement une fois tous les dix ans.

– Bon, c'est d'accord, consent tante Marta. Mais il faut d'abord que tu mettes ta chemise de nuit. Comprends bien que c'est exceptionnel.

Peu avant minuit, tante Marta allume la radio. Un homme à la voix grave lit un poème.

– « Sonnez, cloches, sonnez… »

Oncle Evert ouvre la fenêtre. Le son des cloches de la radio se mêle à celui du petit temple de l'île et également à celui, tout frêle, de l'horloge de tante Marta.

1939 s'achève. L'an 1940 commence.

– Faites qu'il soit meilleur, murmure Steffi. S'il vous plaît, faites qu'il soit meilleur. Je promets d'essayer d'être plus gentille.

24

– Quel hiver ! se plaint l'employée de poste en s'adressant à la grosse dame qui cherche l'argent dans son porte-monnaie. Quel hiver affreux !

Steffi attend son tour. Elle a pris l'habitude de passer par le bureau de poste en sortant de l'école, au cas où il y aurait une lettre de ses parents.

– Oui, vraiment affreux, dit la dame en sortant un billet. Même ma vieille mère, qui a pourtant dépassé les quatre-vingts ans, n'a jamais connu un froid pareil.

– Et une grande partie de la mer est gelée, ajoute la postière.

– Il paraît qu'on peut marcher sur la glace jusqu'à Hjulvik.

Steffi tend l'oreille. Hjulvik se trouve sur la côte au nord de Göteborg. Il serait donc possible d'y aller à pied !

Dans le port, les bateaux sont prisonniers de la glace et les pêcheurs sont obligés de creuser des chenaux pour pouvoir les traîner jusqu'à l'eau. Quand oncle Evert rentre de son travail, ses vêtements sont durs et raides comme une carapace.

– Y aurait-il un rapport avec la guerre ? se demande la postière. Qu'en pensez-vous, madame Pettersson ?

– Qui sait ? Les temps sont mauvais.

– Oui, bien mauvais, renchérit la postière en posant la monnaie sur le comptoir.

Mme Pettersson prend son paquet et dit au revoir. C'est enfin le tour de Steffi.

– Bonjour, il y a du courrier pour les Jansson ?

– Bonjour ma petite, répond la postière. Je vais voir… Rien, dit-elle après avoir cherché dans ses tiroirs.

Steffi se mord la lèvre. Elle n'a pas eu de lettre de ses parents depuis Noël. Nelli non plus.

– Attends un instant, dit la postière. Il y a peut-être une erreur de tri. Je vais regarder encore une fois.

Elle cherche, mais toujours sans résultat.

– Ta lettre va certainement arriver bientôt, la console-t-elle. Reviens demain, je suis sûre qu'elle sera là.

– Merci, dit Steffi.

La neige craque quand elle descend les marches. Ses chaussures sont trop justes et lui font un peu mal, mais elle ne veut pas en demander d'autres à tante Marta.

Elle voit Sylvia et Barbro se diriger vers l'épicerie. Sylvia porte un bonnet en peau de lapin blanc. Celui de Barbro est pareil, mais gris. C'est un modèle très à la mode. Plus personne n'accepterait de mettre un bonnet tricoté avec un pompon, comme celui de Steffi.

– Qu'est-ce que tu regardes ? demande Sylvia.

– Rien, répond Steffi.

– Rrrien, imite Sylvia. On dit « rien ». Il faut que tu apprennes le suédois si tu veux rester ici.

Steffi ne répond pas. Elle essaie de passer à côté des deux filles, mais Sylvia et Barbro lui barrent le chemin.

– Laissez-moi passer.

– Pourquoi es-tu si pressée ? dit Sylvia. On voulait t'apprendre un peu de suédois. Dis comme moi : « rien ».

– « Rien ».

Steffi s'efforce de prononcer aussi correctement que possible.

– Qu'en penses-tu, Barbro ? demande Sylvia. Ça ressemble à du suédois ?

– Non, répond Barbro.

– À refaire ! dit Sylvia.

Elle ramasse une poignée de neige. Steffi recule mais se heurte à Barbro qui se trouve derrière elle. Sylvia se met à lui frotter le visage.

– Regarde, elle pleurniche. Quelle chialeuse !

Barbro en profite pour glisser un glaçon dans le col du manteau de Steffi. Sylvia ramasse encore une poignée de neige et s'avance vers elle.

Elles sont deux et bien plus fortes qu'elle. Elle n'a aucune chance d'y échapper.

Soudain, une boule de neige atteint Sylvia en plein front. Elle chancelle et recule de quelques pas. Barbro lâche Steffi, se retourne et découvre sur la route Svante qui est en train de préparer une deuxième boule.

– Deux contre une, c'est lâche ! crie-t-il.

Sylvia brosse la neige de ses vêtements.

– Ça suffira comme ça. Viens, Barbro, on rentre.

Steffi s'essuie le visage avec un mouchoir avant de nettoyer ses cheveux et son manteau.

– Merci de m'avoir aidée, dit-elle à Svante.

– Tu n'es plus fâchée contre moi ? demande-t-il.

– Non, je ne suis plus fâchée.

Elle ne peut pas s'empêcher de rire. C'est tout de même un comble qu'elle ait eu besoin de Svante pour s'en sortir.

– Merci, dit-elle encore une fois. Il faut que je rentre maintenant.

Le lendemain, il n'y a toujours pas de lettre à la poste. Ni le surlendemain. Mais le troisième jour, la postière brandit une enveloppe dès qu'elle voit Steffi.

– La voilà ! dit-elle fièrement comme si c'était elle qui l'avait fait venir.

De retour à la maison, Steffi monte les escaliers quatre à quatre. À peine passé le seuil de sa chambre, elle déchire l'enveloppe qui contient deux lettres, comme à chaque fois.

Steffi chérie, écrit maman, *j'ai enfin reçu les photos que madame Lindberg m'avait envoyées. Comme vous semblez en forme et comme les deux enfants Lindberg sont beaux ! Madame Lindberg donne l'impression d'être quelqu'un de gentil. Dommage que ta mère d'accueil n'ait pas pu être présente pour la séance de photos. J'aurais bien voulu pouvoir me faire une idée d'elle.*

Tu t'es fait couper les cheveux, je vois, et cela te fait paraître plus âgée. Ton visage d'adulte commence maintenant à se deviner.

« Tu t'es fait couper les cheveux, je vois. » Maman le dit en passant, comme si ça n'avait pas d'importance, comme si ça ne la regardait pas.

Depuis la dernière lettre qu'elle a envoyée à sa mère, Steffi se fait du mauvais sang pour la photo. Tellement inquiète de sa réaction. Finalement, elle aurait préféré qu'elle se fâche. Elle ne s'intéresse donc plus du tout à sa fille ?

– Steffi ! appelle tante Marta de la cuisine. Viens m'aider avec le repassage !

Tante Marta a recouvert la table de la cuisine d'une vieille couverture et d'un drap usé. La tâche de Steffi consiste à tenir en permanence un fer chaud à sa disposition. Elle doit aussi humecter le linge trop sec et plier les vêtements repassés.

Il est l'heure de dîner quand elles arrivent enfin à bout du travail. Steffi ne pourra lire la lettre de son père qu'une fois le repas terminé.

Steffi, ma grande fille,

L'espoir de pouvoir partir en Amérique s'amenuise. Je sais que je te demande beaucoup à toi qui n'es encore qu'une enfant, mais je voudrais que tu essaies de nous aider, ta mère et moi.

Papa lui demande de l'aide ! Comme si elle était une adulte. Steffi poursuit la lecture avec impatience.

La Suède, qui est restée en dehors de la guerre, pourrait peut-être nous accueillir. J'aimerais que tu parles avec tes parents d'accueil et que tu leur demandes de contacter les autorités. Explique-leur les persécutions que nous subissons et dis-leur qu'il faut que nous partions d'ici. Les Allemands ne s'opposent pas à notre départ à condition qu'un pays accepte de nous accueillir. Fais de ton mieux, ma petite, et tiens-nous au courant.

Elle va lui prouver qu'il a raison de lui faire confiance. Les dames du comité d'accueil vont forcément l'aider à faire venir ses parents en Suède. Elle va demander à tante Alma de les appeler tout de suite.

En sortant de l'école le jour suivant, elle va directement à la maison jaune, prétextant qu'elle veut rendre visite à sa petite sœur. Nelli est en train de se préparer pour sortir lorsqu'elle arrive.

– Je vais jouer avec Sonja, explique-t-elle. On va faire un bonhomme de neige dans son jardin.

– Viens donc prendre quelque chose, Steffi, puisque tu es là, dit tante Alma.

Elle pose une carafe de lait et des brioches sur la table.

– Tu ne viens plus nous voir très souvent, poursuit-elle. Je suppose que tes journées sont bien remplies par l'école et par tes amis.

Steffi attend que Nelli soit partie. Elle boit une gorgée de lait et prend ensuite son courage à deux mains.

– Tante Alma, commence-t-elle d'une voix hésitante. Mes parents m'ont demandé de les aider à venir ici. Leur vie est devenue très difficile là-bas.

Tante Alma a l'air malheureux.

– Ma chère enfant, dit-elle. J'aurais tant voulu pouvoir faire quelque chose pour vous, mais la politique… je ne veux pas m'en mêler. Sigurd n'aimerait pas ça.

– Politique ?

Steffi ne comprend pas ce que tante Alma veut dire.

– Oui, au fond, que savons-nous de ce qui se passe là-bas ? On ne jette pas les gens en prison pour rien.

Steffi regarde le visage rond de tante Alma et ses cheveux qui frisent sur son front. Elle a toujours trouvé que tante Alma avait l'air gentil mais, à présent, toute cette gentillesse ressemble à une façade trompeuse, impossible à pénétrer.

– Merci pour les brioches, dit-elle. Il faut que je rentre.

Oncle Evert est parti faire de la pêche au large et ne sera pas de retour avant au moins une semaine. Il ne lui reste plus que tante Marta.

– J'ai reçu une lettre de mes parents, dit Steffi dès qu'elle passe par la porte.

– Ah oui ? dit tante Marta sans lever la tête des chaussettes qu'elle est en train de repriser.

– Ils n'ont toujours pas eu d'autorisation pour entrer en Amérique. Ils pensent qu'ils n'en auront pas.

– Que la volonté de Dieu soit faite, dit tante Marta.

Steffi a envie de la secouer.

– Ils ne peuvent pas rester à Vienne, poursuit-elle. Ce n'est plus possible ! Il faut les faire venir en Suède. Tante Marta, vous ne pouvez donc pas comprendre ça ?

– Ne me parle pas sur ce ton, ma fille.

Comment a-t-elle pu penser que tante Marta serait prête à l'aider ? Personne ne veut l'aider. Elle ne reverra plus jamais ses parents.

Le désespoir la submerge avec une telle violence qu'elle n'a pas le temps de quitter la salle avant d'éclater en sanglots.

– Je veux rentrer ! hurle-t-elle. Je veux rentrer chez moi.

– Calme-toi, dit tante Marta. Demain, j'appelle le comité d'accueil. Non pas que je pense que ça serve à grand-chose, mais c'est le devoir d'une chrétienne d'essayer d'aider ceux qui sont en difficulté.

Steffi regarde tante Marta à travers ses larmes. Elle voit son visage grave et ferme. Il est celui de quelqu'un qui a pris une décision.

– Va t'essuyer les yeux, dit tante Marta. Et épargne-moi d'autres scènes de ce genre.

En rafraîchissant ses joues brûlantes, Steffi se dit qu'il y a peut-être un espoir malgré tout. Si quelqu'un est capable d'imposer sa volonté, c'est bien tante Marta.

25

– Qu'est-ce qu'ils ont dit ?

Essoufflée et le visage rougi, Steffi surgit dans la cuisine. Elle a fait tout le chemin entre l'école et la maison en courant.

Tante Marta se retourne.

– De quoi parles-tu ? Pourquoi n'as-tu pas enlevé tes chaussures avant d'entrer ? Va tout de suite te déchausser.

Steffi obéit. Elle sait que ce n'est pas la peine d'insister.

– Essuie, ordonne tante Marta en indiquant sur le sol quelques petites taches d'humidité à peine visibles.

– Tante Marta, avez-vous parlé avec les gens du comité d'accueil ?

– Tu crois peut-être que je n'ai que ça à faire ? Je ne peux pas passer mes journées au téléphone.

– Je pensais seulement que…

– Cela m'a pris plus d'une heure, poursuit tante Marta.

– Je peux éplucher les pommes de terre, propose Steffi.

Si elle veut connaître la suite, elle a intérêt à s'arranger pour que tante Marta soit de bonne humeur.

– Très bien. Prends la bassine émaillée.

Steffi remplit la bassine d'eau et va ensuite chercher des pommes de terre dans la cave.

Tante Marta est en train de vider un cabillaud. Les viscères sont rouge violacé et sentent très mauvais. Steffi retient son souffle avant de faire une nouvelle tentative.

– Vous avez réussi à trouver quelqu'un à qui demander conseil, tante Marta ?

– Oui, finalement.

– Qu'est-ce qu'ils ont dit ?

– Ils m'ont dit qu'ils ne peuvent rien faire.

Le couteau dérape. Steffi sent une petite douleur dans sont index gauche et voit apparaître une goutte de sang.

– Quelle maladresse ! dit tante Marta. Montre-moi ton doigt.

Elle le met sous le robinet. La plaie se voit à peine, mais elle fait mal.

– Pourquoi ? demande Steffi.

– Pourquoi ? Parce qu'il faut nettoyer la coupure.

– Non, je veux dire, pourquoi ne peuvent-ils rien faire ?

– Parce qu'ils accueillent seulement des enfants. C'est une décision gouvernementale. Les réfugiés adultes n'ont pas le droit d'entrer sur le territoire, à moins qu'il y ait des raisons particulières.

– Il y en a, insiste Steffi. Nelli et moi sommes ici.

– Et cinq cents autres enfants. Imagine qu'ils veuillent tous faire venir leurs parents !

– Mon père est médecin. Il pourrait être utile. Il pourrait travailler sur l'île et sur celles alentour. Il faudrait seulement quelqu'un pour l'aider à se déplacer en bateau.

Tante Marta applique un pansement sur le doigt de Steffi.

– C'est la réponse qu'on m'a donnée. Je regrette. Il n'y a rien à faire. Allez, termine les pommes de terre.

Steffi se remet à éplucher. Si seulement elle pouvait trouver quelqu'un qui puisse comprendre !

Il ne reste plus qu'une seule solution. Il faut qu'elle aille elle-même rencontrer les dames du comité d'accueil. Si elle leur montre la lettre de papa et si elle explique bien la situation, elles vont forcément comprendre la nécessité d'aider ses parents.

Il faut qu'elle aille à Göteborg. Mais comment ?

« On peut marcher sur la glace jusqu'à Hjulvik. » C'est ce qu'avait dit la dame à la poste. Hjulvik est situé sur le continent et de là on peut prendre le bus jusqu'à Göteborg.

Sa décision est prise. Ce sera pour le samedi suivant. Elle partira tout de suite après l'école qui se termine de bonne heure ce jour-là. Elle gardera quelques tartines et elle essaiera de s'en préparer quelques-unes de plus. Il faut qu'elle s'habille chaudement et qu'elle emporte la petite boussole qu'oncle Evert lui a appris à utiliser.

26

Elle met deux paires de chaussettes, enfile son plus gros pull et fourre discrètement la boussole dans son cartable. Elle dit à tante Marta qu'elle a l'intention de faire de la luge après l'école et demande si elle peut se préparer une tartine de plus. Si jamais elle a faim quand elle sera sur la piste.

– C'est d'accord, mais ne rentre pas trop tard pour le dîner, recommande tante Marta.

Steffi glisse ensuite les deux lettres dans la poche de son manteau. Au dos de l'enveloppe du comité d'accueil est marquée l'adresse du bureau et c'est là qu'elle a l'intention de se rendre en arrivant à Göteborg.

Il fait chaud dans la salle de classe. Les chaussettes en laine grattent et Steffi se tord comme un ver de terre sur sa chaise.

– Qu'est-ce que tu as ? Tu as des puces ? chuchote Britta qui accepte de nouveau de lui adresser la parole.

– C'est les chaussettes, explique Steffi. Elles sont neuves.

Britta comprend. Elle sait qu'elles grattent toujours au début.

Après l'école, Steffi descend sa luge jusqu'au port mais elle préfère ne pas s'engager sur la glace tout de suite. Quelqu'un pourrait s'en étonner et lui demander où elle va. Elle tourne à gauche et suit la rive jusqu'à ce qu'elle trouve un endroit où elle est à l'abri des regards.

Ce n'est qu'en dissimulant la luge dans un buisson qu'elle réalise qu'il faut aussi trouver un moyen pour revenir. Jusqu'ici, ses projets s'étaient limités à la traversée de la glace et au voyage en bus jusqu'à Göteborg. Elle espère que les dix öre dans sa poche suffiront à payer le ticket. Une fois à Göteborg, elle se fera indiquer le chemin pour aller à l'adresse marquée sur l'enveloppe.

Mais après ? Sera-t-elle obligée de revenir jusqu'à l'île à pied ? La dame du comité d'accueil lui donnera peut-être de l'argent pour revenir en bateau. Le mieux serait qu'elle reste en ville jusqu'à l'arrivée de ses parents.

Ses parents se plairont certainement mieux à Göteborg que sur l'île. Papa pourra aller chercher Nelli et ils loueront un appartement en ville. Peu importe sa taille, l'essentiel est qu'ils soient de nouveau réunis.

Steffi pose un pied sur la glace et constate que celle-ci résiste. Elle avance prudemment. La mer gelée recouverte de neige semble aussi solide que la terre ferme.

Elle s'oriente à l'aide de la boussole, comme le

lui a appris oncle Evert. D'après ses calculs, il faut qu'elle se dirige vers l'est pour joindre le continent.

Au début, l'île la protège et elle avance sans difficulté. Mais plus loin, elle rencontre le vent glacial du large. Elle a bien fait de s'habiller chaudement.

Elle se retourne pour regarder l'île. C'est peut-être la dernière fois qu'elle la voit. Vus d'ici, le port, les pontons et les abris à bateaux lui paraissent étranges. C'est étonnant de marcher à pied sur la mer !

Le vent a balayé la couche de neige et mis la glace à nu. Steffi court, prend son élan et se laisse glisser.

Devant elle se trouve une petite île avec trois maisons et quelques abris à bateaux. C'est là qu'habite Margit, une fille de sa classe. Elle et son frère vont tous les jours à l'école en barque, sauf quand l'eau est gelée et qu'ils peuvent s'y rendre à pied.

Pour ne pas risquer d'être vue, Steffi passe vite devant les habitations. Elle s'installe ensuite derrière un rocher pour manger une des tartines. Il faut garder l'autre pour plus tard. Le continent est loin. Elle ignore pour combien de temps elle en a encore.

Elle avale la dernière bouchée et boit une gorgée de lait. Puis elle se lève, reprend ses repères grâce à la boussole et se remet à marcher.

En s'éloignant de l'île, elle ne voit plus devant elle qu'une étendue de glace blanche et infinie. Seuls quelques récifs recouverts de neige se détachent par-ci par-là.

Le froid traverse ses semelles et lui monte dans les pieds et le long des jambes. Elle aurait dû mettre de la paille dans ses chaussures comme le font les gens dans les Alpes, d'après ce qu'elle a lu dans un livre. Mais ses chaussures sont trop petites et elle ne pourrait pas y mettre grand-chose.

Steffi s'arrête pour s'assurer qu'elle ne s'est pas écartée de son chemin. Elle enfonce sa main dans le cartable pour attraper la boussole mais ne la trouve pas. Elle sort la tartine et les livres puis met le sac à l'envers. La boussole n'y est pas. Elle a dû la perdre quand elle s'est arrêtée pour manger tout à l'heure.

Elle voit la petite île au loin. Doit-elle y retourner ? Ça lui demanderait au moins une demi-heure, puis encore une demi-heure pour revenir à l'endroit où elle se trouve maintenant. Elle devrait pouvoir se passer de la boussole, à condition d'avancer tout droit.

L'étendue de glace semble interminable. Steffi tremble de froid malgré le pull et les deux paires de chaussettes. Elle mange la dernière tartine tout en marchant. Le lait a gelé et n'est plus qu'une bouillie épaisse dans la bouteille.

Le plus inquiétant est qu'il commence à faire nuit. La lumière bleuit et Steffi voit son ombre, étrangement allongée, se dessiner sur la glace. On dirait qu'elle est perchée sur des échasses.

L'obscurité s'installe rapidement. Bientôt elle ne verra plus rien. Il peut y avoir des trous dans la glace !

Elle a peur mais elle n'a pas le choix. Si elle s'arrête, elle mourra de froid dans la nuit. La neige crisse sous ses pieds. Au loin, elle voit clignoter la lumière rouge d'un phare.

Quand l'obscurité est presque totale, elle aperçoit les contours de quelques constructions. Elle presse le pas. Morte de fatigue et transie de froid, elle pose le pied sur la terre ferme. Elle se trouve sur une rive caillouteuse. À droite, il y a un ponton et un abri à bateaux…

Steffi lève le regard. Devant elle se dresse une maison blanche avec un grand escalier en pierre. C'est une maison qu'elle connaît bien.

Elle a dû tourner en rond sans s'en rendre compte et se diriger vers le large au lieu d'aller vers le continent. Elle a ensuite contourné l'île à distance sans la voir et elle s'en est de nouveau approchée de l'ouest. Le phare qu'elle voyait était celui qu'elle a l'habitude d'apercevoir du haut de la côte.

Tout ce chemin pour rien ! Elle est revenue au point de départ. Elle n'a encore rien fait pour aider ses parents. Rien.

Il y a de la lumière dans la fenêtre de la cuisine. Quand elle ouvre la porte, elle sent l'odeur de lard frit.

– Steffi ! appelle tante Marta. C'est toi ?

Elle lui réchauffe des haricots rouges en râlant à cause de son retard.

– Tu aurais pu rentrer à l'heure, dit-elle. Je t'avais bien dit de ne pas être en retard pour dîner.

– Je n'avais pas de montre, répond Steffi.

– Tu as passé tout ce temps sur la piste de luge ?

Steffi fait non de la tête.

– Nous avons marché un peu sur la glace aussi.

– Quelle idée ! dit tante Marta. Il faut être prudent. Il peut y avoir des trous.

27

Personne ne saura rien au sujet de la traversée ratée de Steffi. C'est un secret qu'elle veut garder pour elle. Elle récupérera la luge après l'école du dimanche et elle dira à tante Marta qu'elle l'avait laissée chez Britta.

Quand oncle Evert revient à la maison, Steffi lui parle de la lettre de son père et de la réaction du comité d'accueil. À sa surprise, tante Marta ajoute :

– Ce n'est pas juste. Il doit y avoir quelque chose à faire.

Après un moment de réflexion, oncle Evert dit :

– Je vais écrire à notre député. Il pourra peut-être intervenir.

– Député ? Qu'est-ce que c'est ? demande Steffi.

– Il siège au Parlement, explique oncle Evert. C'est là que les hommes politiques prennent leurs décisions. Notre député vient d'une des îles pas loin d'ici. On peut discuter avec lui comme avec n'importe qui.

Oncle Evert interroge Steffi sur ses parents et

rédige ensuite une lettre. Il marque le nom du député sur l'enveloppe suivi de *Le Parlement Suédois*. Steffi l'accompagne à la poste pour envoyer la lettre à Stockholm. L'employée au guichet paraît impressionnée.

– Ah bon ? On fait de la politique maintenant ? dit-elle sans dissimuler sa curiosité.

– Eh oui ! répond oncle Evert.

Quand ils sont sortis de la poste, Steffi et oncle Evert éclatent de rire en repensant à la tête de la postière.

– Elle aurait bien voulu savoir ce qu'il y avait dans la lettre, dit oncle Evert.

À compter de ce jour, Steffi attend des nouvelles de Stockholm avec autant d'impatience que les lettres de ses parents. Elle imagine une enveloppe rectangulaire bordée d'or et portant l'emblème de la Suède en bleu et jaune. À l'intérieur, il y aurait une lettre annonçant que ses parents sont les bienvenus en Suède.

Les semaines passent. Le froid persiste. Les enfants gardent leur manteau en classe. Un samedi début mars, la maîtresse apprend aux enfants que l'école doit fermer pendant quelques semaines. Le bâtiment est trop cher à chauffer.

– Il faut économiser le combustible en temps de guerre, explique-t-elle. Vous allez être en vacances jusqu'à Pâques. Après, il devrait faire moins froid.

Elle donne des exercices de calcul et d'orthographe à faire à la maison.

Les cours manquent à Steffi. Les journées sont si longues. Elle passe son temps à attendre. Elle attend la lettre de Stockholm, la réouverture de l'école, le printemps.

Pâques est tôt cette année-là. La mer est encore prise par la glace et l'île est toujours recouverte de neige. Dès le début de la semaine sainte, les enfants et les jeunes préparent un énorme amas de branchages sur le point culminant de l'île. Ça sera le feu de Pâques.

– Il faut qu'on le voie de loin, explique Nelli à Steffi. Il faut que les autres îles se rendent compte que c'est nous qui avons le plus grand feu.

La fête se fera la veille de Pâques, après la tombée de la nuit. Dans l'après-midi, lorsque Steffi fait son tour habituel à la poste, elle aperçoit deux drôles de personnages sur la route. On dirait deux petites vieilles, mais elles ne sont pas habillées en noir comme les femmes âgées de l'île. Elles sont affublées de jupes bariolées, de tabliers et de grands châles.

En s'approchant, elle s'aperçoit que ce sont deux enfants. Les jupes trop longues flottent autour de leurs pieds. L'un porte un balai, l'autre une cafetière en cuivre. Leurs joues sont fardées de rouge et leur nez barbouillé de suie.

Ce n'est que quand elle est tout près qu'elle les reconnaît. Ce sont Nelli et Sonja ! Qu'est-ce qu'elles fabriquent ?

– Une pièce pour les sorcières de Pâques, demande Sonja en tendant la cafetière.

Steffi est furieuse de voir sa petite sœur se balader dehors vêtue de guenilles. Et en plus, elle mendie !

Si leurs parents apprenaient ça ! Elle attrape Nelli par le châle en lui criant :

– Tu es complètement folle ? Tu nous couvres de honte !

– Arrête ! hurle Nelli en cherchant à se dégager. Fais attention au châle ! Il est à tante Alma.

– Enlève immédiatement ces loques ! crie Steffi. Va te laver le visage ! Tu ressembles à une mendiante. Que vont penser les gens ?

– C'est toi qui es folle, répond Nelli. Nous sommes des sorcières de Pâques. Mais tu ne sais même pas ce que c'est. Toi, tu penses que tout est comme chez nous à Vienne.

– Sonja ! Nelli ! appellent quelques voix d'enfants.

Trois petites filles arrivent en courant. Elles aussi sont déguisées en sorcières.

– Vous avez eu quelque chose ?

Sonja secoue la cafetière pour faire entendre le cliquetis des pièces.

Steffi promène son regard d'un visage à un autre. Des sorcières de Pâques ?

– Rends-moi le châle, dit Nelli. Ici tout le monde se déguise. Tu n'as qu'à demander à n'importe qui.

Steffi lui tend le châle et s'en va à la poste. Mais celle-ci est fermée.

Le soir, elle accompagne tante Marta et oncle Evert à la colline pour voir le feu de Pâques. Il ne fait pas encore tout à fait nuit quand ils arrivent.

Tous les habitants de l'île s'y sont réunis. Les jeunes comme les vieux. Nelli est là avec ses amies. Elles sont toujours déguisées.

Per-Erik et quelques garçons sont chargés d'allumer le feu. Ils ont apporté un bidon de pétrole pour le faire partir.

– Quand vont-ils l'allumer ? demande Steffi.

– Bientôt, répond oncle Evert. Mais ce n'est pas notre île qui doit commencer. Il faut attendre encore un peu.

Le ciel s'assombrit progressivement.

– Ça y est. C'est à nous, dit soudain oncle Evert.

Au loin, tout au nord, se devine une petite flamme. Puis une autre, un peu plus près. Et encore une sur l'île voisine. Per-Erik verse du pétrole sur l'amas de bois et l'allume. Celui-ci s'embrase immédiatement. Les branchages secs crépitent.

– Le feu prend de l'ampleur, constate oncle Evert avec satisfaction. Les garçons ont fait du bon travail.

La course de relais se poursuit d'île en île en s'étendant vers le sud. Les feux forment une chaîne incandescente entre les collines.

La chaleur oblige Steffi à reculer de quelques pas. Elle a l'impression que son visage et sa poitrine sont réchauffés par un soleil estival alors que son dos reste tourné vers l'hiver.

Oncle Evert met son bras autour de ses épaules.

– Tu as froid ?

Steffi fait non de la tête. Le feu gronde. Les flammes se lancent vers le ciel qui, à présent, est presque noir.

« Sur toutes les îles, il y a des gens qui se réchauffent autour des feux, pense-t-elle. Sur toutes les îles, il y a quelqu'un qui demande à un enfant s'il a froid. Sur toutes les îles, on voit les feux des autres îles. »

Cette pensée la remplit de joie.

28

– Qui parmi vous a l'intention d'aller au lycée à la rentrée ?

La maîtresse, debout devant son bureau, pose la question à la classe. C'est le premier jour d'école après Pâques et les enfants ont du mal à rester calmes. Comme s'ils avaient perdu l'habitude d'être assis.

Sylvia et Ingrid, la déléguée de classe, lèvent la main en même temps. Puis trois garçons.

– Personne d'autre ?

Steffi lève la main.

– Stephanie ?

– Oui, dit Steffi. Je veux aussi aller au lycée.

– C'est bien, dit la maîtresse. Six élèves, c'est plus que d'habitude. Je vais vous aider à vous y préparer pendant le dernier semestre. Vous ferez une heure d'école de plus chaque jour. Je vais vous indiquer deux livres qu'il faudra vous procurer dès la semaine prochaine.

Elle écrit deux titres au tableau que Steffi recopie soigneusement dans son cahier. Il s'agit d'un manuel de maths et d'un livre intitulé *Les Légendes du sous-lieutenant Stål.*

Le cours terminé, la maîtresse demande à parler à Steffi.

– Tu travailles bien, dit-elle. Je suis heureuse que l'on te donne la possibilité de continuer tes études. En plus, l'allemand que l'on étudie au lycée ne te posera pas de problèmes.

– Non, dit Steffi tout en se demandant où veut en venir la maîtresse.

– Et ne t'inquiète pas pour les livres que j'ai mentionnés, poursuit la maîtresse. J'ai quelques exemplaires supplémentaires. Je peux te les prêter. Je te les apporterai demain pour que tu puisses les recouvrir chez toi.

En sortant de l'école, Steffi trouve la cour vide. Le gravier est mouillé par les petits filets d'eau qui coulent des monceaux de neige sale restés à l'ombre du bâtiment. Maintenant que l'air commence enfin à s'adoucir, les enfants se déplacent de nouveau à vélo.

En passant devant le garage, Steffi s'aperçoit qu'il reste un vélo. C'est celui de Vera. Elle voit aussi que Vera, accroupie à côté, est en train de gonfler le pneu arrière.

Steffi s'approche prudemment. C'est l'occasion tant attendue pour passer un moment seule avec elle.

La situation est simple. Elle pourrait lui demander : « Tu rentres ? On peut partir ensemble ? » Mais ce qui paraît simple est parfois très difficile à faire. Steffi décide de s'y prendre autrement. Il faut qu'elle trouve un sujet de conversation. Comme ça, elle pourra marcher à côté de Vera quand celle-ci poussera son vélo jusqu'à la grille et ensuite, tout en continuant à discuter, faire le trajet du retour avec elle.

– Tu n'as pas l'intention d'aller au lycée ? demande-t-elle.

Vera lève la tête.

– Non. Ma mère n'a pas les moyens. D'ailleurs, je ne suis pas assez bonne.

– Tu pourrais l'être si tu le voulais, dit Steffi. Plus tard, tu pourrais devenir actrice, par exemple. Toi qui es si douée pour les imitations.

– Je m'en fiche, répond Vera. Je vais me marier. Avec quelqu'un de riche. Avec un estivant. Je veux habiter en ville et avoir une employée de maison.

Quand elle se relève, elle jette un regard rapide vers l'entrée de l'école. Ce n'est qu'à ce moment-là que Steffi se rend compte que Sylvia et Barbro attendent sur la route avec leurs vélos.

– Pour toi, ce n'est pas pareil, continue Vera. Ta place est au lycée.

– Alors Vera, tu viens ! appelle Sylvia. On s'en va.

– Tu n'as pas de vélo, n'est-ce pas ? demande Vera.

– Non, répond Steffi.

Il vaut mieux faire croire qu'elle n'a pas de vélo plutôt que d'avouer qu'elle ne sait pas en faire.

– Dommage, dit Vera. Sinon on aurait pu partir ensemble. Salut !

Elle monte sur son vélo et rejoint Sylvia et Barbro. Steffi les suit du regard.

Steffi décide d'attendre un peu avant de parler du lycée à tante Marta. Le lendemain, la maîtresse lui donne les livres. Le manuel de maths est bien plus difficile que celui qu'ils utilisent pour l'instant. Il faut calculer avec des *x* et des *y* à la place des chiffres.

Steffi emporte les livres à la maison et demande du papier à tante Marta pour les recouvrir.

– Il vous faut de nouveaux manuels si tard dans l'année ? s'étonne-t-elle. Qui te les a donnés ?

– La maîtresse me les a prêtés. On va s'en servir pour préparer l'entrée au lycée.

– Oublie ça, dit tante Marta. Il n'y aura pas de lycée pour toi.

Steffi écarquille les yeux.

– Je veux être médecin ! dit-elle. Il faut que j'aille au lycée pour ça !

Tante Marta se met à rire. Un petit rire sec qui ressemble à un toussotement.

– Il est grand temps que tu abandonnes ton goût des grandeurs, dit-elle. Où te crois-tu ? Tu nous prends pour des riches ? Nous n'avons pas les moyens de te mettre en pension. Il faut que tu comprennes ça. Et à quoi ça servirait, d'ailleurs ? Nous ne savons même pas combien de temps tu vas rester ici.

– Qu'est-ce que je vais faire quand il n'y aura plus d'école ?

– M'aider à la maison. À la rentrée, tu suivras des cours de cuisine. C'est ce que font les filles ici.

– Je ne veux pas suivre des cours de cuisine, proteste Steffi, je veux suivre de vrais cours !

– Personne ne se préoccupe de ta volonté ! Maintenant, monte dans ta chambre et restes-y jusqu'à ce que tu aies compris ça !

Le lendemain, Steffi rapporte les deux livres à l'école sans les avoir recouverts. Elle demande à parler à la maîtresse pendant la récré.

– Je n'ai pas le droit d'aller au lycée, explique-t-elle.

La maîtresse semble ennuyée.

– Tu n'avais pas demandé l'autorisation ?

– Non.

– Écoute, dit la maîtresse, je vais aller parler aux Jansson.

– Merci, dit Steffi. Mais il vaudrait mieux attendre jusqu'à vendredi. Quand oncle Evert sera rentré.

– Il est plus facile à convaincre ?

– Oui, je crois. S'il vous plaît, maîtresse, ne dites pas aux autres que je n'ai pas le droit d'aller au lycée.

– Non, tu peux compter sur moi.

Sur le chemin du retour, Steffi fait, comme d'habitude, un saut à la poste. Il n'y a rien d'autre qu'une enveloppe marron écrite à la machine et adressée à Evert Jansson. Tante Marta la pose sur le buffet en attendant le retour de son mari.

29

Il y a du maquereau frit pour dîner, comme tous les vendredis.

Après avoir posé ses couverts dans son assiette, tante Marta dit :

– Ce soir, la maîtresse de Steffi va venir nous voir. Elle veut nous parler.

– Aurais-tu quelque chose à te reprocher ? demande oncle Evert pour plaisanter.

– Non, rien, répond Steffi.

Elle n'a pas envie de parler du lycée avec oncle Evert en présence de tante Marta.

– On verra bien ce qu'elle veut, dit tante Marta.

Après dîner, Steffi est chargée d'épousseter la salle, bien que ça ait été fait deux jours plus tôt. Tout doit être impeccable pour la maîtresse.

Oncle Evert rejoint bientôt Steffi dans la salle.

– Oncle Evert… se lance-t-elle.

– Oui ?

Il découvre l'enveloppe marron posée sur le buffet, sort son canif et l'ouvre.

– Si la maîtresse vient vous rendre visite… ce n'est pas parce que j'ai fait quelque chose.

– Ça n'a sans doute rien de grave, dit distraitement oncle Evert en sortant de l'enveloppe une feuille tapée à la machine.

– Ce n'est pas ce que je veux dire, poursuit Steffi. C'est que… j'aimerais tant…

Elle se tait quand elle s'aperçoit qu'oncle Evert ne l'écoute pas. Plus il avance dans la lecture de la lettre, plus la ride sur son front se creuse.

Steffi soulève un pot de fleurs pour essuyer le rebord de la fenêtre.

– Steffi, dit oncle Evert. J'ai quelque chose à te dire.

– Oui ?

– C'est au sujet de cette lettre. Tu te souviens que j'ai écrit à notre député ?

Comment aurait-elle pu l'oublier ?

– Voici sa réponse.

– Que dit-il ?

Oncle Evert soupire.

– Il dit qu'il ne peut rien faire pour tes parents.

Le pot de fleurs glisse des mains de Steffi et se brise par terre.

– Ils peuvent s'adresser à l'ambassade de Suède à Vienne pour demander un permis de séjour, mais il est peu probable qu'ils l'obtiennent. D'après les renseignements qu'il a reçus, la Suède n'accueille pratiquement pas de réfugiés juifs.

Tante Marta arrive en courant.

– Qu'est-ce qui s'est cassé ?

Elle voit des éclats de porcelaine, de la terre et des morceaux de plante éparpillés par terre.

– Mon Dieu, comme tu es maladroite ! Mon beau géranium ! Et justement maintenant, par-dessus le marché !

– Laisse-la, dit oncle Evert. Tu ne vois pas qu'elle est triste ?

Il tend la lettre à tante Marta. Elle la lit et dit ensuite d'une voix plus aimable :

– Va donc balayer avant que ta maîtresse arrive.

Steffi balaie.

Quand elle a fini, elle demande à oncle Evert de lui prêter la lettre. Elle l'emporte dans sa chambre et essaie de déchiffrer les formulations compliquées : « *certaines restrictions apportées à l'examen des demandes de permis de séjour…* ».

En bas, la porte s'ouvre et elle entend la voix de tante Marta :

– Soyez la bienvenue chez nous, mademoiselle Bergström. Entrez, je vous en prie.

– Merci, répond la maîtresse. Stephanie est là ?

– Oui, mais…

– Je voudrais juste lui dire bonjour.

– Steffi ! appelle tante Marta.

Steffi pose la lettre et descend l'escalier.

– Bonjour, Stephanie, dit la maîtresse sur un ton solennel.

Elle est la seule sur l'île à l'appeler Stephanie.

– Bonjour, maîtresse.

– Tu es bien ici, n'est-ce pas ? Tu as même ta propre chambre ?

– Oui, là-haut.

– Quinze ans doivent bien s'être écoulés depuis ma dernière visite, poursuit la maîtresse. Quand Anna-Lisa…

– Entrez donc, l'interrompt tante Marta. Asseyez-vous, dit-elle en l'introduisant dans la salle.

Les tasses à café, le pot de crème et le sucrier sont disposés sur la table. La belle porcelaine n'est utilisée que pour les grandes occasions. Un gâteau tout juste sorti du four trône sur un plat.

– Steffi, va chercher le café, dit tante Marta pendant que la maîtresse salue oncle Evert.

Steffi verse le café dans la cafetière en porcelaine que tante Marta a sortie. Elle porte ensuite le lourd récipient brûlant dans la salle et le pose sur la table. Tante Marta sert les trois adultes.

– Tu n'as qu'à emporter un morceau de gâteau dans ta chambre, dit-elle à Steffi.

Elle n'a pas le droit de rester ! Steffi regarde sa maîtresse qui, sans rien dire, remue le café dans sa tasse avec la cuillère.

Elle met un bout de gâteau dans une assiette et s'en va.

– Ferme la porte, je te prie.

Steffi s'attarde dans l'entrée. Elle entend le murmure des voix à travers la porte fermée, mais n'arrive pas à distinguer les mots. Autant monter dans la chambre.

Elle s'assied sur son lit et réduit nerveusement le gâteau en miettes. Il y en a plein le lit, mais elle s'en fiche.

Au bout d'une demi-heure, elle entend la porte de la salle s'ouvrir.

– Vous êtes certaine que vous ne voulez pas que je vous raccompagne, mademoiselle Bergström ? demande oncle Evert.

– Absolument. Mais promettez-moi de bien réfléchir.

– Nous allons réfléchir, dit tante Marta. Mais nous ne changerons sans doute pas d'avis.

– Merci pour le café et pour cet excellent gâteau, dit la maîtresse.

– Il n'y a pas de quoi. Merci à vous, merci de votre visite.

– Au revoir, Stephanie, appelle la maîtresse en bas de l'escalier.

Steffi sort sur le palier.

– Au revoir, maîtresse.

– Nous nous verrons à l'école lundi.

La porte se referme. La maîtresse n'est plus là.

30

– Les choses ne se passent pas toujours comme on l'aurait souhaité, dit oncle Evert. Il faut prendre la vie comme elle se présente et s'en arranger.

Steffi passe son ongle sur la nappe en plastique sans rien dire. Il n'y a rien à dire. La décision est prise : elle n'ira pas au lycée à la rentrée.

– Ne boude pas, dit tante Marta. Tu n'as aucune raison d'être mécontente. Nous nous sommes occupés de toi de notre mieux. Tu devrais nous être reconnaissante.

– Je le suis, dit Steffi.

Sa voix se brise.

– Allez, Steffi, courage ! dit oncle Evert. Ça va s'arranger. Si tu restes encore longtemps ici, on trouvera une solution pour que tu aies un jour un vrai métier.

– Je peux me lever de table ?

– Bien sûr, dit tante Marta.

Steffi met son manteau et descend à la plage.

Le soleil du printemps a fait fondre la neige en

quelques jours. Des gouttes tombent du toit de l'abri à bateaux. Une mouette pousse un cri strident au-dessus de sa tête. On dirait qu'elle se moque d'elle.

Steffi s'assied sur la barque retournée et regarde la mer. Quelques plaques de glace flottent encore dans la baie. L'eau bleue étincelle. Au loin, de l'autre côté de la mer, se trouve l'Amérique. Pourra-t-elle un jour y aller ?

Pour la deuxième fois, Steffi rapporte les livres à la maîtresse qui, finalement, ne veut récupérer que le manuel de maths.

– Garde au moins celui-ci, dit-elle en lui tendant *Les Légendes du sous-lieutenant Stål*. Lis-le et rends-le-moi quand tu l'auras fini.

En rentrant, Steffi parcourt le livre. Il est écrit en vers et parle d'une guerre ancienne. Ce n'est pas le genre de poèmes qu'elle apprécie.

Chaque jour, à la fin du dernier cours, quand elle voit Sylvia, Ingrid et les trois garçons rester pour préparer l'entrée au lycée avec la maîtresse, son ventre se noue. Si elle avait fait partie du groupe, rien n'aurait pu l'empêcher d'aller à l'école. Mais à présent, elle est presque contente d'avoir attrapé un rhume. Comme ça, elle peut passer quelques jours à la maison.

Puisqu'elle est malade, elle a le droit de faire la grasse matinée. Ce matin, tante Marta est partie faire les courses avant qu'elle ne se réveille. Steffi descend l'escalier vêtue seulement de sa longue chemise de nuit.

Le soleil matinal jette ses rayons obliques dans

la salle. Steffi allume la radio et met le son suffisamment fort pour l'entendre dans la cuisine. Elle coupe quelques tranches de pain et sort la boîte de beurre et la carafe de lait du garde-manger.

Soudain la musique s'arrête. On entend un crépitement, puis une voix grave :

– Émission spéciale de notre rédaction d'actualités. L'Allemagne a entrepris des actions militaires contre la Norvège et le Danemark. La radio d'Oslo a, ce matin, diffusé l'information suivante : cette nuit, à trois heures, des troupes allemandes ont débarqué dans des ports norvégiens. Des forces allemandes se trouvent actuellement dans le fjord d'Oslo…

Steffi reste pétrifiée au milieu de la cuisine, la carafe de lait dans une main, la boîte de beurre dans l'autre.

Oslo, c'est tout près. Si les Allemands font la guerre contre le Danemark et la Norvège, le tour de la Suède peut très bien venir ensuite.

Quand tante Marta revient, Steffi est assise sur une chaise, les jambes remontées sous sa chemise de nuit. Son déjeuner est resté intact sur la table de la cuisine. Les nouvelles sont finies mais la radio continue à marcher. Normalement, tante Marta l'aurait fermée en disputant Steffi mais là, elle dit seulement :

– Tu as entendu ?

– Oui.

– J'ai appris la nouvelle à la poste, dit-elle. C'est terrible. Terrible.

La radio reste allumée toute la journée et Steffi ne s'en éloigne pas. Enveloppée dans une couverture, elle suit le cours des événements. À chaque émission, elle apprend que de nouvelles villes norvégiennes sont tombées dans les mains des Allemands.

– Nous attirons l'attention des pêcheurs suédois sur le danger des mines dans les eaux de Skagerrak et éventuellement aussi de Cattégat, dit au milieu de la journée une voix difficilement audible.

Le *Diana* est parti à la pêche au large, quelque part dans le Skagerrak. Le retour d'oncle Evert et des autres n'est prévu que pour le surlendemain.

– Oncle Evert… dit Steffi.

– Ne t'inquiète pas, dit tante Marta sur un ton revêche, mais elle noue ses mains si fort que ses jointures blanchissent.

Le journaliste annonce qu'une bataille a lieu entre des vaisseaux de guerre allemands et anglais devant la côte norvégienne. Au même moment, le téléphone sonne.

– … une grosse tempête, la mer est agitée… dit la voix à la radio.

Elles échangent un regard. Steffi comprend que tante Marta pense la même chose qu'elle : quelque chose est arrivé à oncle Evert. Tante Marta se lève et décroche.

– Allô ?

Elle écoute et tend ensuite le récepteur à Steffi.

– C'est pour toi.

Steffi reprend haleine.

– Allô ?

D'abord elle n'entend qu'un sanglot, puis la voix de Nelli :

– Steffi ?

– Oui ?
– J'ai si peur. Tu crois qu'ils viendront jusqu'ici ?
– Je ne sais pas. Moi aussi, j'ai peur.
– Je peux venir te voir ?
– Attends, je pose la question à tante Marta.
Elle ne s'oppose pas à ce que Nelli vienne.
Tante Alma et les petits l'accompagnent. Tante Alma semble inquiète. Elle discute à voix basse avec tante Marta.
– … ont réussi à s'abriter dans un port…
– … peut-être prévenus par la radio…
À cinq heures, le journaliste informe que les Allemands occupent le bureau de poste et le commissariat de police d'Oslo et que des avions allemands ont atterri dans le sud du pays. Tante Marta ferme alors la radio en disant :
– Je m'occupe du dîner. Quoi qu'il en soit, il faut manger. Vous pouvez passer la nuit ici, si vous voulez.
Elle prépare la chambre d'amis pour tante Alma et les petits. Nelli dormira sur un matelas par terre dans la chambre de Steffi. C'est la première fois depuis presque huit mois qu'elles coucheront dans la même pièce.
– Steffi ? chuchote Nelli une fois la lumière éteinte.
– Mmm ?
– Je peux dormir avec toi ?
– Je suis malade. Tu risques d'attraper mon rhume.
– Ça ne fait rien.
Nelli se glisse à côté de Steffi. Ses pieds sont glacés. Steffi la prend dans ses bras.

– S'ils viennent ici, qu'est-ce qu'on va faire ? demande Nelli.

– On ira ailleurs.

– Où ?

– À... au Portugal.

– Au Portugal il fait chaud, n'est-ce pas ? demande Nelli. Il n'y a pas de neige ?

– Non, il n'y a que des plages de sable et des palmiers.

– Tu as dit la même chose pour la Suède.

– Je sais, admet Steffi. Je me suis trompée.

– Papa et maman pourront venir, eux aussi ?

– Je ne sais pas. Dors maintenant.

Nelli se tait et se retourne dans le lit. Steffi la croit endormie quand elle entend de nouveau sa voix :

– Steffi ? Et si la guerre continuait si longtemps que papa et maman ne nous reconnaissaient plus ?

– Ils nous reconnaîtront. Même si elle doit se poursuivre pendant plusieurs années. Ne t'inquiète pas.

Elles s'endorment serrées l'une contre l'autre. Comme lorsqu'elles étaient petites dans leur chambre à Vienne.

31

Oncle Evert rentre dès le lendemain soir. Il est pâle et semble éprouvé. Un bateau de pêche de l'île voisine a sauté sur une mine.

– Six hommes ont été tués, dit-il. Ça aurait aussi bien pu être nous. On était seulement à une centaine de mètres de là.

Ses mains tremblent légèrement quand il épluche sa pomme de terre. Steffi comprend qu'il a peur, lui aussi.

– Que va-t-il se passer pour la pêche ? demande tante Marta.

Oncle Evert soupire, l'air fataliste.

– On ne peut pas arrêter de pêcher. Il faut faire confiance à Dieu. Et espérer que la guerre s'arrêtera bientôt.

Steffi essaie de parler, mais sa gorge est nouée. Elle avale sa salive à plusieurs reprises avant de poser sa question.

– Vous êtes obligés de partir au large ? Vous ne pouvez pas rester plus près des côtes ?

Sa voix s'étrangle.

Oncle Evert lui fait un sourire mais ses yeux restent tristes.

– Pour la pêche au gros, il faut aller au large. C'est là que la mer est riche.

– Et dangereuse, ajoute tante Marta. C'est une honte que les hommes la rendent encore plus dangereuse.

Elle regarde oncle Evert et ses yeux clairs ont une expression que Steffi n'avait encore jamais vue. C'était ainsi que sa mère regardait son père quand il revenait du camp. Le soir, quand ils se retrouvaient seuls et pensaient que les enfants dormaient. Steffi les observait souvent derrière ses paupières mi-closes. Elle écoutait leurs voix sans vraiment arriver à distinguer les paroles.

– En passant devant Marstrand, nous avons vu des vaisseaux de guerre qui se tiraient dessus, raconte oncle Evert. C'était terrible.

Marstrand se trouve seulement à quelques dizaines de kilomètres de l'île. La guerre est maintenant toute proche.

Par la radio, ils apprennent qu'il faut équiper les maisons de rideaux sombres pour masquer la lumière. Si jamais les Allemands attaquaient la nuit, il ne faudrait pas qu'ils sachent où il y a des habitations. Tante Marta confectionne des rideaux en tissu noir qu'elle accroche aux fenêtres. Il faudra les fermer chaque soir à la tombée de la nuit. Heureusement que c'est le printemps et que les jours se font plus longs.

À l'école, on prépare les enfants à une évacuation

éventuelle. Chaque enfant doit avoir une valise prête au cas où il recevrait l'ordre de partir. La plupart d'entre eux semblent trouver la situation excitante, mais Steffi a peur. Elle ne veut pas d'un nouveau départ, d'un nouveau voyage vers un endroit inconnu et vers des gens inconnus.

Elle met des vêtements de rechange dans sa valise. Elle prend aussi ses bijoux et ses photos. Si jamais elle était obligée de partir d'ici, elle ne reviendrait peut-être plus.

Ce qui l'inquiète encore plus, c'est qu'elle ne pourrait même pas prévenir ses parents de l'endroit où elle irait. Personne ne peut connaître les adresses à l'avance. Pourvu que Nelli et elle ne soient pas séparées !

Au bout de quelques semaines, ils apprennent qu'il n'y aura pas d'évacuation.

Le sucre est maintenant rationné. Le café l'est déjà depuis Pâques. Il faut aller chercher à la poste des tickets de rationnement qui indiquent les quantités autorisées. Tante Marta vérifie tout le temps que Steffi ne met pas trop de sucre dans sa bouillie d'avoine.

Les cheveux de Steffi ont poussé. Ils lui descendent maintenant jusqu'aux épaules et elle les coiffe en deux petites nattes. Ils seront longs quand ils partiront en Amérique.

Le vent de la mer s'est adouci. Un jour, oncle Evert met la barque à l'eau et propose à Steffi de faire un petit tour.

– Viens t'asseoir à côté de moi, je vais t'apprendre à ramer, dit-il. Il faut savoir faire ça quand on habite au bord de la mer.

Elle s'installe devant oncle Evert, sur « le banc de nage », comme il dit. Oncle Evert se met à genoux derrière elle et l'aide à manœuvrer les lourdes rames.

Au début, c'est chaotique. Les rames partent dans tous les sens. Mais assez rapidement, Steffi réussit à faire avancer la barque même si elle a encore du mal à coordonner les mouvements. Elle tire trop de la main droite et la barque dévie vers la gauche.

– Pourquoi faut-il ramer à l'envers ? demande-t-elle. Ce n'est pas pratique de ne pas voir où on va.

– Tu n'as qu'à essayer dans l'autre sens, tu verras bien.

Steffi se retourne et essaie de ramer en avançant. Ça ne marche pas du tout.

Il n'y a presque pas de vent. À l'ouest, un brouillard irisé efface la limite entre le ciel et la mer. La surface de l'eau est parfaitement lisse, sans la moindre ride. Elle monte et descend doucement comme de la soie lourde et brillante. Ça lui fait penser à la plus belle robe de sa mère. La bleue. Maman lui a dit qu'elle était faite en moire de soie. Steffi aime bien prononcer le mot « moire ». Il est doux et beau, comme le tissu.

– Si on continue à ramer vers l'ouest, est-ce qu'on finira par arriver en Amérique ? demande Steffi.

Oncle Evert rit.

– Oui, si tu réussis à tenir le cap et à passer au nord de Skagen et au sud de la Norvège, tu arriveras en Écosse. Pour commencer. Ensuite, il ne te restera plus qu'à traverser l'Atlantique. Mais si jamais tu décides d'essayer, il faudra prévoir beaucoup de nourriture. Et espérer un temps calme, comme aujourd'hui.

Les rames écorchent les mains de Steffi, surtout entre le pouce et l'index où la peau est particulièrement sensible. Mais elle ne se plaint pas.

Oncle Evert, assis à l'arrière du bateau, sort une tournette en bois et déroule une très longue ligne.

– Range les rames et viens me donner un coup de main, dit-il.

Des gouttes d'eau froide tombent sur les pieds de Steffi quand elle remonte les rames. Puis, très prudemment, elle enjambe les bancs de nage. Elle a peur que le bateau ne se renverse.

– Tu n'as rien à craindre, dit oncle Evert. Ce n'est sûrement pas un poids plume comme toi qui va faire chavirer cette barque !

Steffi tient la ligne pendant qu'oncle Evert rame.

– On va voir si les maquereaux mordent, dit-il. Préviens-moi si tu sens quelque chose.

Steffi a sans cesse l'impression que ça tire.

– Ce que tu sens, c'est le poids du plomb, explique-t-il. Quand le poisson mord, la sensation est différente.

– C'est comment ?

– Tu le sauras. Tu sentiras qu'il y a quelque chose de vivant au bout et pas un poids mort.

Steffi regarde les paumes de ses mains. Elles sont rouges et douloureuses. Elle a presque oublié la ligne quand elle la sent soudain bouger.

– Là ! s'exclame-t-elle. Là, ça tire !

Oncle Evert range les rames et vient l'aider à remonter la ligne. Effectivement, sur un des hameçons il y a un poisson qui se débat.

Steffi a vu tante Marta nettoyer des maquereaux

de nombreuses fois, mais jamais elle n'a remarqué qu'ils étaient si beaux. Leur peau lisse et brillante a des reflets noirs et argentés. Le cœur de Steffi bat très fort.

– Oui, il est beau, constate oncle Evert. Il doit peser environ une livre. Décroche-le.

Steffi hésite. Elle n'a jamais touché un poisson vivant. Elle attrape le maquereau avec ses deux mains. Ce n'est pas aussi dégoûtant qu'elle l'avait craint. La peau est froide, mais pas visqueuse. Oncle Evert l'aide à enlever l'hameçon.

Il prend ensuite un couteau et fait une entaille à côté d'une des branchies. Steffi détourne la tête.

– Voilà encore une chose à apprendre, dit oncle Evert. Il faut également savoir les vider.

– Beurk, dit Steffi. Ça, je ne le ferai jamais.

– Il ne faut jamais dire jamais, sourit oncle Evert.

Le soir, tante Marta vide les trois poissons qu'ils ont attrapés et les prépare pour le dîner. Steffi trouve que ce n'est pas si mauvais, finalement.

32

C'est une soirée de printemps belle et lumineuse. Tante Marta est confortablement installée devant la radio pour écouter la prière du soir quand Steffi passe la tête par la porte de la salle.

– J'ai fini la vaisselle et j'ai fait mes leçons, je peux sortir ?

– Oui, mais rentre avant la nuit.

Steffi attrape son gilet et enfile ses souliers légers. Elle a enfin pu ranger ses grosses chaussures d'hiver dans le placard.

L'air est frais et agréable. Elle regarde le vélo appuyé contre le mur.

Si elle est capable de ramer, elle devrait aussi savoir pédaler.

Steffi sort le vélo sur la route et le pousse en haut de la côte. Arrivée au sommet, elle s'arrête pour souffler et observe la longue descente qui l'attend de l'autre côté. La route est presque droite. C'est l'endroit idéal pour essayer !

Elle pose son pied droit sur la pédale, respire

profondément, lève ensuite le pied gauche en même temps qu'elle appuie avec le droit. Le vélo avance. Elle n'arrive pas à s'asseoir sur la selle qui est trop haute. C'est donc debout sur les pédales qu'elle entame la descente. Ça va de plus en plus vite. C'est à la fois excitant et effrayant.

Entre deux rochers, la route vire à gauche. En voulant tourner, Steffi perd le contrôle du vélo, elle freine de toutes ses forces et dérape sur le gravier. Le vélo se renverse et elle est projetée dans le fossé.

« Je suis morte », pense-t-elle.

Mais vu la douleur qu'elle ressent dans son bras et dans ses genoux, elle n'est certainement pas morte.

Quelqu'un s'arrête à côté d'elle. Ça y est, tout le monde va être au courant de sa tentative ratée et elle va être la risée de l'île !

– Ça va ? demande Vera.

– Je ne sais pas. Mon bras… je crois qu'il est cassé.

Vera aide Steffi à sortir du fossé.

– C'est ton vélo ? demande-t-elle.

– Non, c'est celui de tante Marta.

– Il n'a pas l'air abîmé, constate Vera. Le garde-boue a quelques bosses, mais elles étaient sûrement là avant.

Les genoux de Steffi sont juste écorchés, en revanche son bras droit lui fait mal.

– Tu crois qu'il est cassé ?

– Tu peux le bouger ? Comme ça ? demande Vera en appuyant légèrement sur son coude.

Steffi tourne son bras dans différents sens. Ça fait mal mais elle y arrive.

– Je ne pense pas qu'il soit cassé, dit Vera. C'est la première fois que tu fais du vélo ?

Ce n'est pas la peine de nier.

– Veux-tu que je t'apprenne à en faire ? propose Vera. Il ne suffit pas de monter dessus et de rouler, il faut aussi savoir freiner et tourner. Tu veux bien ?

– Oui.

– Alors, on se retrouve demain après l'école. C'est samedi et on n'a pas de devoirs. Il faut que je rentre maintenant et toi, il faut que tu te laves et que tu te changes.

Steffi regarde sa robe. Elle est pleine de boue.

– Où veux-tu qu'on se retrouve ?

– Ici ?

– D'accord.

– À demain, alors.

Vera lui fait un signe de la main et s'en va.

Le retour de Steffi n'est pas facile. Le vélo lui semble de plus en plus lourd. Quand elle descend la côte raide vers la maison, elle est obligée de freiner des pieds et des mains pour ne pas se faire emporter.

Après avoir signalé à tante Marta qu'elle est rentrée, elle monte rapidement dans sa chambre pour nettoyer sa robe et ses genoux.

– Ah bon, tu apprends à faire du vélo ? dit tante Marta un peu plus tard quand elles se retrouvent dans la cuisine.

Steffi avait espéré que tante Marta ne remarque pas l'absence du vélo.

33

Le lundi, elle va à l'école à vélo. Elle a passé l'après-midi du dimanche à s'entraîner aussi bien sur la route que dans les côtes. Tante Marta, qui pourtant tient à ce que le repos du dimanche soit respecté, a accepté de lui prêter son vélo. C'est la montée devant la maison qui a été la plus pénible mais une fois en haut, elle a pu se laisser glisser pendant presque un kilomètre sans pédaler. Elle a été heureuse de respirer toutes les odeurs du printemps et de sentir le vent lui caresser le visage.

Sur le chemin de l'école, elle imagine son arrivée : elle freinera tout doucement devant la grille et ensuite elle rangera le vélo dans le garage. Sylvia, Barbro et les autres la regarderont avec étonnement. Elle fera comme si de rien n'était. Arriver à l'école à vélo, quoi de plus normal ? Si elles continuent à la regarder, elle dira :

– C'est la première fois que vous voyez un vélo ou quoi ?

Puis elle croisera le regard de Vera et elles se

feront un sourire complice. Vera ne dévoilera pas leur secret. Elle l'a promis.

Steffi fait exprès de ne pas rouler vite. Elle veut que tout le monde soit sur place quand elle arrive.

Elle freine devant la grille et pose son pied par terre, elle jette ensuite un regard dans la cour pour repérer les filles. Elles sont agglutinées entre le garage à vélos et les toilettes. Sylvia, Barbro, Gunvor et Majbritt. Et Vera. Aujourd'hui, c'est elle qui se trouve au centre du groupe. À la joie générale, elle fait un de ses numéros d'imitation.

Steffi se dirige vers le garage. Personne ne fait attention à elle. Du coin de l'œil, elle observe ce qui se passe.

Vera se tient le bras comme si elle avait mal.

– Aïe, aïe, crie-t-elle. Mon bras ! Je crois qu'il est cassé.

– La voilà ! hurle Gunvor en apercevant Steffi.

Le sang de Steffi se glace, puis elle sent une boule se mettre à grossir dans sa poitrine.

Tous les regards se tournent vers elle.

– Tiens, tiens, dit Sylvia d'une petite voix comme si elle s'adressait à un enfant. La fifille a le droit d'emprunter le vélo à la dadame. Attention de ne pas tomber dans le fossé. La prochaine fois, il n'y aura peut-être personne pour t'en sortir.

Steffi poursuit son chemin sans lever le regard. Elle en a déjà assez vu : les sourires narquois, les regards moqueurs.

Vera, le visage pâle et honteux, la rattrape dans l'escalier.

– Steffi, dit-elle en retenant son souffle. Pardon… je ne voulais pas…

La boule dans la poitrine de Steffi explose.

– Laisse-moi, crie-t-elle. Tu es exactement comme les autres. Je te déteste !

Vera détourne la tête et continue à monter les marches. Pendant une fraction de seconde, Steffi a vu une expression dans ses yeux qui lui donne envie de pleurer.

Après l'école, Steffi s'attarde dans le couloir. Elle ne veut pas se retrouver dans le garage à vélos en même temps que les autres et s'exposer à de nouvelles humiliations.

Quand finalement elle sort, elle cherche malgré elle la chevelure rousse du regard dans l'espoir que Vera est restée à l'attendre.

Mais la cour est vide. Il n'y a plus que six vélos dans le garage. Celui de tante Marta fait lourd et vieillot à côté du vélo bleu de Sylvia et du vert d'Ingrid.

Steffi s'apprête à partir quand elle s'aperçoit que les pneus sont à plat. Les bouchons des deux valves ont été dévissés.

Si les pneus ont eu le temps de se vider, c'est que quelqu'un est passé par là pendant la récré. C'est peut-être Barbro. Ou bien Gunvor. Ou Majbritt. Ou Sylvia elle-même, mais c'est peu probable. En général, elle évite de se mettre dans des situations où elle risque d'être punie. Sylvia décide, les autres exécutent.

En cherchant les bouchons, Steffi voit un petit objet brillant par terre. Un clou.

Pffff, le pneu de Sylvia se vide. Steffi enfonce le clou jusqu'à ce qu'on ne voie plus qu'un petit point brillant, difficile à découvrir si on n'est pas au courant. Sylvia aurait très bien pu rouler dessus sur la route.

Elle retrouve les deux bouchons. Par bonheur, il y a une pompe accrochée au vélo. Steffi gonfle les pneus et rentre à la maison.

Le lendemain matin, les filles l'attendent devant le garage. Elles la laissent ranger son vélo et se mettent ensuite en cercle autour d'elle. Sylvia tient un petit objet entre le pouce et l'index, si près que Steffi a du mal à le voir. C'est un petit objet qui brille.

Le clou.

– C'est toi ? dit Sylvia. Avoue que c'est toi !

Steffi sait très bien que Sylvia ne pourra jamais prouver que c'est elle.

– Avoue, répète Sylvia.

Steffi sent son haleine sur son visage.

– Oui, c'est moi. Vous aviez dégonflé mes pneus.

– Pas du tout, dit Sylvia. D'ailleurs, ce n'est pas la même chose. Maintenant, tu vas me demander pardon.

– Jamais.

– Tiens-la, dit Sylvia à Barbro.

Barbro saisit le bras droit de Steffi et le tord dans son dos. Ça fait mal.

– Tu as dit « jamais » ?

– Oui.

Barbro empoigne maintenant les cheveux de Steffi et tire sa tête en arrière en répétant la question.

– Tu as dit « jamais » ?

– Oui.

Sylvia se penche en avant pour attraper une poignée de gravier.

– Tu te souviens du jour où je t'ai frotté le visage avec de la neige ? Je suis prête à recommencer. Avec du gravier.

Steffi regarde Sylvia. Elle n'a pas l'air de plaisanter. Son seul espoir est que la cloche sonne.

Sylvia avance d'un pas.

– Pardon, dit Steffi.

– À genoux.

– Non.

– Alors ça ne compte pas, dit Sylvia.

Barbro pousse Steffi vers le sol. Elle s'agenouille.

– Dis-le !

– Pardon.

– Dis : pardon d'avoir abîmé ton vélo.

– Pardon d'avoir abîmé ton vélo.

– Embrasse ma chaussure.

Sylvia tend sa sandale poussiéreuse à une dizaine de centimètres du visage de Steffi.

– Embrasse-la !

Barbro force Steffi à se pencher en avant. Sa bouche touche la chaussure.

La cloche sonne enfin.

34

Les pelouses des jardins du village sont vertes. Les petits pommiers courbés sont couverts de fleurs rose pâle et les lilas ont des grappes blanches et violettes.

La maison du bout du monde est trop exposée au vent de la mer pour avoir un beau jardin planté mais entre les galets, près de l'eau, poussent des petites fleurs de différentes nuances de rouge. Du rose le plus pâle au pourpre le plus sombre. Les fentes des rochers sont illuminées par la couleur violette des pensées sauvages. Une femelle eider se dirige vers l'eau, suivie de ses petits au duvet jaune.

– Viens essayer ta robe, appelle tante Marta.

Elle est en train de coudre une robe pour la fête de fin d'année. Le tissu, blanc avec des petites fleurs bleues et roses, est très beau. Le haut de la robe, tout simple, a un petit col rond et une fermeture éclair dans le dos. Steffi aurait préféré qu'il soit boutonné devant et que le col soit pointu. Ça aurait fait moins petite fille. Mais c'était trop compliqué à faire.

– Aïe ! dit Steffi quand tante Marta la pique en déplaçant une épingle.

– Si tu ne bougeais pas, ça n'arriverait pas, dit tante Marta.

Quand la robe est bien ajustée, elle propose à Steffi de se regarder dans la glace. La jupe est très large. Steffi aime bien la faire tourner.

– Ne reste pas là à t'admirer, dit tante Marta. La vanité est un péché.

Elle a pourtant l'air satisfait en inspectant son travail.

La veille de la fête, tante Marta repasse la robe et empèse un jupon qui doit faire gonfler la jupe. Il devient raide comme du papier.

Pour Steffi, c'est un grand moment. C'est la première fois qu'elle a un nouveau vêtement depuis son arrivée sur l'île. Si on ne tient pas compte des sous-vêtements et des bas achetés par correspondance, ni du bonnet et des gants qu'elle a eus pour Noël.

Quand elle monte sur le vélo, elle fait bien attention à ne pas froisser la jupe. Elle la lisse avec la main et veille à ce qu'elle ne s'accroche pas dans les rayons.

Les enfants s'assemblent dans la cour et vont à l'église en rang. Pratiquement toutes les filles ont une nouvelle robe. Celle de Sylvia est boutonnée devant, comme l'aurait voulu Steffi. En revanche, personne n'a une jupe aussi large que la sienne.

Le discours du directeur est interminable. Il parle « des ombres que la guerre jette sur l'Europe » et demande aux enfants d'être particulièrement obéissants et serviables « par ces temps difficiles ».

Le banc en bois est dur et le jupon amidonné pique Steffi à la taille.

– La plupart d'entre vous reviendront ici cet automne, dit-il, mais pour les élèves de sixième, c'est la dernière fête de fin d'année chez nous. Je tiens à vous souhaiter bonne chance, aussi bien à vous qui allez continuer vos études au lycée de Göteborg qu'à vous qui allez quitter l'école. N'oubliez pas que vous aurez une tâche à remplir, quelle que soit votre place dans la vie. Peu importe sa nature, mais soyez consciencieux et accomplissez-la avec soin.

« Bien sûr que ça importe, pense Steffi. Faire consciencieusement ce qu'on a envie de faire n'est pas difficile. Alors que ce qu'on déteste… »

Le directeur poursuit son discours.

– Mademoiselle Bergström et moi nous réjouissons du grand nombre d'élèves qui ira au lycée à la rentrée. Vous êtes cinq. Cela honore notre école.

Sylvia fait un sourire de satisfaction comme si le directeur s'adressait spécialement à elle.

– Et maintenant, dit le directeur, nous allons procéder à la distribution des prix aux élèves particulièrement méritants de la sixième. Vous voulez bien m'assister, mademoiselle Bergström ?

La maîtresse de Steffi rejoint le directeur, un paquet de livres sous le bras. Elle lui tend une feuille.

– Ingrid Andersson, lit le directeur.

Ingrid avance, prend le livre de la main du directeur et fait la révérence avant de regagner sa place.

– Bertil Eriksson.

Steffi observe un tableau accroché dans la contre-allée. Il représente un vieillard vêtu de noir avec un grand col empesé. On aurait dit une corolle de fleur. Elle se demande s'il pique autant que son jupon.

Britta lui donne un coup de coude.

– Tu n'entends pas ? chuchote-t-elle. C'est toi.

– Stephanie Steiner, répète le directeur. Stephanie Steiner n'est pas là ?

Steffi se lève, l'air perdu.

– Je suis ici, dit-elle.

– Viens donc nous voir, Stephanie, sourit Mlle Bergström.

Steffi quitte le banc et s'engage dans l'allée centrale.

– Me permettrez-vous de dire quelques mots, monsieur le directeur ? demande Mlle Bergström.

– Je vous en prie, mademoiselle.

– C'est toujours un grand plaisir de récompenser les bons élèves, dit-elle. Mais aujourd'hui je suis particulièrement heureuse d'offrir ce prix à une élève si douée qu'elle fait partie des meilleurs de sa classe bien que le suédois lui fût parfaitement inconnu il y a seulement un an. Je te souhaite bonne chance, Stephanie.

Steffi reçoit un gros livre dans une belle reliure. Le titre est inscrit en lettres dorées. *Le Merveilleux Voyage de Nils Holgersson à travers la Suède.* Sur la page de garde, elle découvre l'écriture élégante de sa maîtresse. *« À Stephanie Steiner, le 7 juin 1940. Que ce livre te permette de faire plus ample connaissance avec ton nouveau pays et ta nouvelle langue. Ton institutrice, Agnes Bergström. »*

Steffi tourne quelques pages et est immédiatement absorbée par les images. Britta lui donne de nouveau un coup de coude quand l'orgue indique qu'il est temps de se lever.

« La saison des fleurs arrive nous apportant de la joie et de la beauté… » Steffi aime ce cantique, même si elle ne comprend pas tous les mots. Elle est heureuse du livre et des paroles de sa maîtresse mais elle ne peut pas s'empêcher de ressentir en même temps une grande tristesse. Les vacances qui l'attendent et qui ne se termineront pas par une rentrée scolaire ne sont pas de vraies vacances.

Cet automne, elle ira aux cours de cuisine deux fois par semaine. « C'est important de savoir tenir une maison », dit tante Marta. Alors qu'il y a tant de choses intéressantes à apprendre !

Après la distribution des prix, chaque classe regagne sa salle pour recevoir les notes. Sur sa feuille, Steffi lit *Certificat de fin d'études* en caractères imprimés. Son nom, la date et les notes sont inscrits à l'encre bleue.

Calcul et géométrie : Très bien. Elle a eu la meilleure note également en dessin. Toutes ses notes sont bonnes, sauf en suédois où elle a seulement « passable ». Mais la maîtresse a ajouté à la main : *Le suédois n'étant pas la langue maternelle de Stephanie, il est important de signaler qu'elle a fait des progrès remarquables au cours de l'année.*

Sur le chemin du retour, elle sent l'odeur des lilas. Les fleurs des pommiers sont en train de faner et le sol est jonché de pétales blancs qui ressemblent à des flocons de neige.

– Enlève ta belle robe, dit tante Marta dès que

Steffi passe la porte de la maison. Il va falloir commencer à préparer la maison pour les estivants.

– Voici mon carnet, dit Steffi.

Tante Marta parcourt les notes.

– Ce n'est pas mal, dit-elle.

– J'ai eu un livre aussi. Un prix.

– Ah oui ? dit tante Marta d'une voix un peu bizarre.

Elles nettoient la maison de fond en comble, aussi consciencieusement que pour Noël. Les vacanciers arriveront déjà le lendemain. Steffi, tante Marta et oncle Evert s'installeront alors dans la cave où il y a une chambre et une petite cuisine aménagées. Steffi dormira sur la banquette de la cuisine.

Presque tous les habitants de l'île ont des locataires en été. Quelques-uns louent seulement une chambre, mais la plupart quittent leur maison et s'installent eux-mêmes dans la cave. La famille de l'épicier a fait construire une deuxième maison dans le jardin. Elle reste vide tout l'hiver pour être louée à prix fort pendant l'été. Cela leur permet de rester dans leur appartement.

Steffi vide la commode de sa chambre et descend ses affaires dans la cave. À cause de l'exiguïté de la cuisine, on a mis une autre commode à sa disposition derrière la chaudière. Elle met les photos, sa boîte à bijoux et son journal intime dans un carton à chaussures vide et le glisse sous la banquette. Le tableau avec Jésus restera accroché au mur pour les vacanciers.

35

Le lendemain, les vacanciers arrivent du bateau en taxi. Le coffre de la voiture est plein à craquer de valises et de paquets.

Ils sont six : un couple d'un certain âge, leurs deux enfants adultes, plus le fiancé de la fille. Il y a aussi leur employée de maison. Tante Marta parle de « la femme du docteur », ce qui doit vouloir dire que son mari est médecin. Comme le père de Steffi. Il a les cheveux gris, porte des lunettes et a l'air fatigué.

La femme est grande et distinguée. Elle a dû être très belle quand elle était jeune. La fille est jolie. Elle a les cheveux blonds et bouclés. Elle et son fiancé ne se lâchent pas la main une seconde. Le fils est grand et a des yeux pensifs. Une boucle châtain lui tombe sur le front.

Ce qui ravit Steffi, c'est qu'ils ont un chien : un fox-terrier blanc et marron. Il saute tout de suite sur Steffi et lui lèche la main.

– Truffe a l'air de bien t'aimer, dit la fille.

– Tu n'as pas peur des chiens au moins ? demande la femme.

– Oh non ! dit Steffi en caressant la tête de Truffe. J'aime beaucoup les chiens.

– Si tu veux, tu pourras le promener, dit la femme.

Steffi les aide à monter leurs affaires dans la maison. C'est le fils qui va occuper sa chambre. Elle a entendu sa mère l'appeler Sven. Elle cherche à lui donner un âge. Dix-sept ans, peut-être dix-huit.

Quand ils ont fini de s'installer, la femme du docteur remercie Steffi et lui donne une couronne.

– Il ne faut pas me payer, dit Steffi en rougissant.

– Ne le prends pas mal, dit la femme. Achète-toi quelque chose qui te ferait plaisir. Mais dis-moi, d'où viens-tu ?

– De Vienne, répond Steffi en glissant la couronne dans la poche de sa robe. Merci beaucoup.

Dans l'après-midi, elle va chez tante Alma. Leurs vacanciers n'arrivent que le lendemain. Tante Alma, Nelli, Elsa et John sont en train de descendre leurs affaires dans la cave.

– J'ai appris que tu avais eu un prix à l'école, dit tante Alma.

– Oui, un livre.

– Nelli était si fière de sa grande sœur. Tu as vraiment bien travaillé.

– Ça n'a servi à rien, dit Steffi.

– Qu'est-ce qui n'a servi à rien ?

– De bien travailler, puisque je n'ai pas le droit de continuer.

– D'aller au lycée, tu veux dire ?

Steffi opine de la tête.

– Il faut que tu comprennes Marta et Evert, dit tante Alma. C'est cher de mettre un enfant en pension à Göteborg. Puis il y a les livres et tout le reste qui viennent s'ajouter.

– Oncle Evert aurait trouvé une solution. C'est tante Marta qui ne veut pas.

Tante Alma reste silencieuse un bon moment.

– Tu n'as jamais pensé que Marta ne voulait pas te laisser partir à Göteborg parce que tu lui manquerais ? finit-elle par dire.

C'est si absurde que Steffi éclate de rire. Elle manquerait à tante Marta !

– Elle ne m'aime pas, dit-elle. Je ne comprends pas pourquoi elle m'a accueillie.

– Marta t'a parlé d'Anna-Lisa ? demande tante Alma. Ou Evert ?

– Non. C'est qui ?

– Anna-Lisa était la fille de Marta et d'Evert. Leur unique enfant.

– Je ne savais pas qu'ils avaient eu un enfant.

– Elle est morte il y a quatorze ans, dit tante Alma. Elle en avait douze à son décès.

– Elle est morte de quoi ?

– Anna-Lisa était une enfant fragile. Déjà toute petite, elle était souvent malade. Marta s'occupait constamment d'elle. Quand elle avait onze ans, ils ont appris qu'elle avait la tuberculose. Les six derniers mois de sa vie, elle a vécu dans un sanatorium à Västergötland. Les docteurs disaient que l'air de la forêt lui ferait du bien. Mais ça n'a pas suffi.

– Le bonnet ! dit Steffi. Et la luge !

– Pardon ?

– Ce sont des choses qu'ils m'ont données. Et qui devaient être à Anna-Lisa.

C'était étrange de penser que le bonnet et les gants qu'elle avait portés tout l'hiver avaient appartenu à une fille morte avant sa naissance. Anna-Lisa avait-elle eu le temps de s'en servir ? Elle était peut-être morte avant que tante Marta les ait terminés.

– Pourquoi personne ne m'a rien dit ? demande Steffi. Pourquoi n'y a-t-il aucune photo d'elle dans la maison ?

– Marta a tant souffert. Elle n'avait pas la force de voir son image. Un an après le décès, elle était encore terrassée par la douleur. Si elle n'avait pas eu la foi, je ne sais pas ce qui serait arrivé. Si tu l'avais vue avant, quand Anna-Lisa était en vie ! C'était une tout autre personne. Elle était pleine de vie, avait de la répartie et ne craignait rien ni personne. Avec Anna-Lisa, elle était la douceur même. Elle s'occupait d'elle comme si elle avait été en porcelaine.

– Mais pourquoi m'a-t-elle accueillie ?

– Je ne sais pas. Je me suis souvent posé la même question. Peut-être voulait-elle sauver un enfant, puisqu'elle n'avait pas réussi à sauver Anna-Lisa.

– Pourquoi je n'ai pas pu habiter chez vous, moi aussi ? demande Steffi. – Les mots lui échappent. – On nous avait promis de nous placer dans la même famille.

– Je sais bien. Je vous aurais volontiers prises toutes les deux. Mais Sigurd n'a pas voulu. Il trouvait qu'un seul enfant c'était suffisant. Le comité d'accueil m'a demandé si je connaissais une autre famille sur l'île pour que vous ne soyez pas trop éloignées l'une de l'autre. Marta a tout de suite accepté. Mais elle ne voulait pas d'un enfant trop jeune, c'est donc toi qui es allée chez elle.

– Steffi, crie Nelli de derrière la maison. Viens voir ce qu'on a trouvé !

– Va jouer, sourit tante Alma. Ne te pose pas trop de questions. La situation est ce qu'elle est et il faut faire avec.

Nelli et les petits ont trouvé un gros ver de terre dans le champ de patates que Nelli tient entre le pouce et l'index.

– Regarde comme il est dégoûtant ! dit-elle ravie. Tu oserais le toucher, Steffi ?

Steffi attrape le ver qui se tord entre ses doigts.

– Il faut le remettre dans la terre, dit-elle. Il veut retourner dans son champ.

Elle pose doucement le ver qui disparaît immédiatement dans un trou.

– Ça y est, le ver est rentré chez lui, constate John.

Quand Steffi s'apprête à s'en aller, elle entend tante Alma l'appeler.

– J'ai quelque chose pour toi, dit-elle tout bas.

Elle lui indique un paquet plat posé sur la table de la cuisine.

– C'est pour moi ?

– Oui.

– Mais pourquoi ? Mon anniversaire est en juillet.

– Je sais. Mais c'est maintenant que tu en as besoin. Pourquoi ne l'ouvres-tu pas ?

Steffi détache la ficelle et défait le papier. À

l'intérieur, il y a un maillot de bain. Rouge à pois blancs avec un volant autour du décolleté.

– Comme il est beau !

Steffi tient le maillot devant elle. La taille est bonne.

– Il devrait t'aller, dit tante Alma. Comme ça, cet été tu pourras te baigner au lieu de rester sur la plage.

– Si Anna-Lisa avait été en vie, pensez-vous qu'elle aurait eu le vieux maillot ? demande Steffi.

– Si Anna-Lisa avait été en vie, tu n'aurais probablement pas été ici.

Tante Alma sourit.

– Va donc essayer le maillot tout de suite pour voir s'il te va.

Steffi monte dans la chambre de Nelli et met le maillot. Il est parfait. Demain, elle ira se baigner.

36

L'appartement de la cave a son entrée à l'arrière de la maison. Tous les matins, Steffi sort par là, contourne la maison et monte l'escalier en pierre. Elle frappe à la porte et attend.

Parfois c'est la femme du docteur qui ouvre mais le plus souvent c'est sa fille, Karine. Truffe se précipite sur Steffi en remuant la queue, et lui lèche les jambes et les mains. Karine lui attache la laisse.

– Il y a des commissions à faire ? demande Steffi.

Il arrive qu'il y ait une lettre à poster ou un produit à prendre à l'épicerie que la femme du docteur aurait oublié de commander. L'épicier a employé un garçon de courses pendant les vacances pour livrer les estivants. Il suffit de passer sa commande par téléphone.

Pour aller à la poste ou à l'épicerie, Steffi prend le vélo. Elle accroche alors la laisse au guidon et laisse Truffe courir à côté. Mais elle préfère partir avec lui dans les petits sentiers qui ne sont accessibles qu'à pied. Truffe flaire le sol et tire sur la laisse. Steffi est obligée de courir pour le suivre.

Elle n'a pas le droit de le détacher mais de temps en temps elle le fait quand même. Truffe est si heureux d'aller chercher les bouts de bois qu'elle lui lance. Il vient toujours quand elle l'appelle. Si Steffi s'assied sur une pierre, il vient poser sa tête sur ses genoux pour qu'elle le gratte derrière les oreilles.

Souvent, quand Steffi le ramène, elle trouve la femme du docteur, Karine et son fiancé en train de prendre le petit déjeuner dans le jardin. Oncle Evert leur a installé une table dans un coin abrité près du rocher. Le docteur travaille à Göteborg et vient juste passer les fins de semaine avec sa famille. Sven n'est pas souvent là non plus. Il traîne peut-être au lit.

Un matin, en promenant Truffe dans la bruyère sèche, elle aperçoit Sven en haut d'un rocher. Il regarde la mer. Par chance, elle n'a pas lâché Truffe.

– Salut ! dit Sven. Quelle matinée fantastique !

Pour Steffi, elle n'a rien de particulier. Le soleil brille et il y a une légère brise qui vient de la mer.

Truffe a aussi vu Sven et s'agite. Sven descend du rocher et vient à leur rencontre. Truffe saute autour de ses jambes et demande à être caressé.

– Bonjour, Truffe, mon bonhomme…

Sven joue avec le chien assez brutalement. Pas avec douceur comme Steffi.

– Tu peux le lâcher, dit Sven. Il ne partira pas.

« Je sais bien », pense Steffi, mais elle ne le dit pas.

Sven arrête de jouer avec Truffe et s'assied sur le rocher. Il allonge ses jambes en travers du chemin. Steffi ne peut plus passer. Elle ramasse la laisse et ne sait plus quoi faire.

– La mer, dit Sven. On peut la regarder pendant des heures. Elle change sans cesse.

– Mmm, répond Steffi. Ça dépend du temps.

Elle voudrait que Sven se pousse pour qu'elle puisse passer.

– Tu n'aimes pas la mer ?

– Elle est si grande. J'aurais préféré habiter ailleurs que sur une île pour sentir une appartenance.

– Une appartenance à quoi ?

– À tout le reste, aux gens, à la ville.

– Ça fait combien de temps que tu es ici ?

– Depuis août. Ça fait dix mois.

– Et ta famille ?

– Mes parents sont encore à Vienne. Ma petite sœur est ici, mais dans une autre famille.

– Et les gens chez qui tu habites ? Les Jansson ? Ils sont comment ?

– Bien.

– Tu es différente d'eux, constate Sven. Mais ne pense pas que tu sois seule pour autant.

Truffe couine et tire sur sa laisse.

– Il faut que j'y aille, dit Steffi.

– Attends, dit Sven. Je vais te lire quelque chose.

Il enlève son sac à dos et fouille dedans. Il est obligé de sortir des sandwiches, une thermos et un pull avant de trouver un gros livre tout au fond.

– Il est en anglais, dit-il. Tu parles anglais ?

– Non.

– Ça ne fait rien. Je vais traduire.

Il tourne quelques pages avant de trouver la bonne.

– « *Nul homme n'est une île en soi. Nous faisons tous partie d'un continent…* »

Steffi écoute, immobile. La voix de Sven change quand il lit, elle devient plus profonde, plus calme.

– « ... *La mort de chaque être me réduit car j'appartiens à l'humanité et chaque fois que tu entends sonner le glas, ne me demande pas pour qui il sonne : il sonne pour toi.* »

Sven lève le regard. Personne ne dit rien. Il referme le livre.

– C'est tout, dit-il. Mais tu es peut-être trop jeune pour comprendre.

– Si, je comprends. Qui a écrit ce livre ?

– Un Américain qui s'appelle Hemingway. Mais ce que je viens de lire est la citation d'un poète qui s'appelait John Donne et qui vivait en Angleterre au XVIIe siècle. Quand tu seras un peu plus âgée et que tu auras appris l'anglais, tu pourras lire le livre en entier.

– Je ne pourrai pas apprendre l'anglais, dit Steffi.

– Pourquoi ? Tu es douée pour les langues. Je le vois à ton suédois.

– Je n'irai plus à l'école. À la rentrée, je vais suivre des cours de cuisine. Ils n'ont pas les moyens de m'envoyer au lycée.

– C'est dommage. Tu devrais faire des études. Lire, penser, écrire.

Il range le livre avec les autres affaires dans son sac à dos.

– Je pourrai te prêter des livres, si tu veux. J'en ai d'autres avec moi et papa pourra en apporter quand il vient le week-end. En allemand aussi.

– Volontiers.

– Viens me voir quand tu veux. C'est bien ta chambre que j'occupe ?

– Oui.

– Le tableau, c'est toi qui l'as choisi ?

– Ah ça non !

– Je l'ai retourné, dit Sven. Ne le dis pas à madame Jansson. Si tu veux, je pourrais le faire tomber sans faire exprès.

– Pas la peine, dit Steffi en riant.

Sven redevient sérieux.

– Une nuit j'ai eu trop chaud et j'ai voulu ouvrir la grille de la ventilation. Je me suis alors aperçu qu'elle était bouchée. Par une boule de papier. Une lettre. C'était forcément la tienne parce qu'elle était en allemand.

La lettre qu'elle avait écrite le premier soir sur l'île ! La lettre adressée à ses parents. « *Venez me chercher, sinon je vais mourir.* » Steffi rougit.

– Je ne l'ai pas lue, assure Sven. Parole d'honneur. Tu veux que je te la rende ?

– Non, dit Steffi. Jette-la ou brûle-la. Mais ne laisse personne la lire. Il faut que j'y aille. Truffe s'impatiente.

Elle a déjà fait un bout de chemin quand elle entend la voix de Sven :

– Rappelle-moi ton nom !

– Stephanie.

Elle ne sait pas pourquoi elle n'a pas dit Steffi. Peut-être parce que Stephanie fait plus adulte.

– C'est un joli nom. Salut, Stephanie.

L'après-midi, Steffi va se baigner avec Nelli. Elle essaie de transporter sa sœur sur le porte-bagages mais ça ne marche pas très bien. Les montées sont trop dures.

Sur la plage, elles retrouvent Sonja, l'amie de Nelli. Elles commencent par s'allonger au soleil. Quand elles ont bien chaud, elles vont dans l'eau qui leur paraît d'abord froide mais qui devient agréable au bout d'un moment.

Sylvia et Barbro sont installées sur les rochers un peu plus loin avec deux garçons que Steffi ne connaît pas. Des vacanciers, sans doute.

37

Quelques jours avant la Saint-Jean, Steffi va à l'épicerie chercher un paquet de gâteaux secs pour la femme du docteur. Truffe court comme d'habitude à côté du vélo.

Sur le mur qui entoure le jardin de l'épicerie sont perchées Sylvia et Barbro entourées des deux vacanciers. L'un est si blond que ses cheveux courts sont presque blancs. L'autre est brun et son visage est criblé de taches de rousseur.

Vera est là, elle aussi. Elle est occupée à tresser une couronne de pissenlits et se tient un peu à l'écart.

Steffi range son vélo devant le magasin et attache la laisse de Truffe à un crochet au mur. Sylvia et Barbro bavardent avec les garçons en pouffant de rire. Steffi sent leurs regards dans son dos.

Au moment de payer, elle entend aboyer.

– C'est ton chien qui aboie ? grommelle l'épicier.

– Il n'est pas à moi, mais c'est moi qui le promène.

– Alors, fais-le taire.

Steffi met le paquet de gâteaux dans sa poche et sort du magasin.

Les quatre jeunes se sont mis autour du chien mais à une distance suffisante pour être hors d'atteinte. Vera n'a pas bougé de sa place sur le mur.

Steffi s'approche. Elle voit qu'un des garçons, le blond, tient quelque chose dans sa main. C'est un morceau de sucre attaché à une ficelle. Il le balance au-dessus de la tête de Truffe et le retire juste au moment où le chien cherche à l'attraper. Truffe jappe, l'air malheureux.

– Laisse Truffe tranquille, dit Steffi.

– Truffe, dit le blond, c'est comme ça qu'il s'appelle, ce bâtard ?

– Truffe, ricane Barbro.

– Ce n'est pas un bâtard, c'est un chien de race, dit Steffi. Il a un pedigree.

– Un chien de race ? reprend le garçon.

Steffi avance pour détacher Truffe, mais le garçon l'en empêche. Le chien tire sur sa laisse en aboyant.

– Tais-toi, dit Sylvia et elle donne un coup sur la tête du chien qui pousse un gémissement.

– Ne le touche pas ! crie Steffi.

– Ça alors ! dit le garçon brun resté silencieux jusque-là. Quel tempérament !

– Comme le chien, dit le blond. Tu crois qu'elle a un pedigree, elle aussi ?

Sylvia et Barbro ricanent.

– De race pure ! ajoute le brun. Un bel exemplaire.

Steffi veut s'en aller mais elle ne peut pas partir sans Truffe.

– Pousse-toi, dit-elle au garçon qui lui barre la route.

Le blond ne bouge pas d'un pouce.

– Vous avez entendu ? dit-il. Elle m'a dit : « Pousse-toi. » Comme si quelqu'un comme elle pouvait nous dire, à nous les Suédois, ce que nous devons faire !

– Pousse-toi, toi-même, dit Sylvia. Tu n'as rien à faire ici.

– On sait pourquoi tu es venue, dit le brun. Vous vous êtes sauvés d'Allemagne avec votre argent et vos bijoux en pensant que vous alliez pouvoir acheter notre pays. Comme vous avez essayé d'acheter l'Allemagne. Mais ici ça ne marchera pas. Les Allemands ne vont pas tarder à venir et ils vont s'occuper des gens comme toi, sale Juive !

Steffi reste un instant abasourdie avant de se jeter sur le garçon. Elle le frappe sur la bouche, martèle sa poitrine de ses poings et donne des coups de pied sur ses chevilles.

Le garçon est tellement surpris qu'il n'a pas l'idée de se défendre. Une fille qui se bat, il ne s'était pas attendu à ça. Il attrape les poignets de Steffi et la maintient à distance.

– Je te conseille de ne pas trop me chercher, dit-il d'une voix pleine de haine. Tu me dégoûtes !

Une goutte de sang coule de sa lèvre inférieure.

Truffe grogne et couche ses oreilles en arrière.

Le garçon lâche Steffi et la pousse par terre tout en reculant d'un pas. Truffe plante alors ses crocs dans son pantalon qui se déchire.

– Aïe, hurle le garçon. Le clebs m'a mordu !

Il donne un coup de pied dans le flanc du chien qui gémit.

Steffi tend son bras pour détacher la laisse de Truffe mais elle est trop loin du mur. Elle lui enlève alors son collier.

– Cours, Truffe, crie-t-elle. Cours !

Il se sauve ventre à terre, suivi de Steffi.

Arrivée sur la route, elle se retourne et constate que les garçons ne la suivent pas.

– Truffe ! appelle-t-elle. Viens, Truffe !

Elle ne le voit nulle part. Peut-être est-il rentré à la maison. Mais il a très bien pu partir n'importe où, loin de ses bourreaux !

– Truffe ! appelle-t-elle de nouveau.

– Avez-vous vu un chien ? demande-t-elle à deux petits garçons qui jouent au bord de la route. Il est blanc et marron. Sans laisse.

– Oui, il est parti par là, répond l'un d'eux en indiquant le port.

– Non, dit l'autre, il est parti dans l'autre sens, vers la maison de Britta.

Steffi aurait eu besoin du vélo pour rattraper Truffe mais elle n'ose pas retourner le récupérer à l'épicerie.

Elle court vers le port. Aucune trace de Truffe. Elle demande aux vieux assis sur le banc s'ils n'ont pas aperçu le chien mais personne n'a rien vu. Elle retourne au croisement où jouaient les petits garçons et prend le chemin qui mène vers la maison de Britta.

Elle trouve Britta en train de désherber le potager.

– Bonjour, dit Steffi tout essoufflée, as-tu vu un chien passer ? Il y a environ dix minutes ?

– Je viens d'arriver, dit Britta. Quel chien ?

Steffi n'a pas le temps de lui expliquer.

Au bout du chemin qui passe devant chez Britta se trouve une maison jaune. Steffi s'adresse à sa propriétaire qui étend du linge au soleil. Elle croit avoir vu un chien.

– Oui, j'ai vu passer quelque chose. C'était ton chien ?

– Oui, répond Steffi pour éviter des explications trop longues.

– Passe par le jardin, si tu veux, dit la dame.

Steffi coupe par le jardin et arrive dans un champ. Elle saute par-dessus un fossé mais mésestime la distance et enfonce un pied dans la boue.

– Truffe, appelle-t-elle. Truffe !

Elle cherche pendant des heures, mais le chien reste introuvable. À un moment donné, elle a l'impression de l'entendre aboyer derrière quelques genévriers. Elle s'y faufile mais il n'y est pas.

Elle finit pas se décourager et s'assied sur une pierre, épuisée par tant d'efforts. Ses jambes sont toutes écorchées.

Que faire ? Truffe a disparu, par sa faute. Elle s'est battue. Avec un estivant, par-dessus le marché. Elle lui a ouvert la lèvre et Truffe a déchiré son pantalon en voulant la défendre.

Truffe est un chien de la ville. Il n'est pas habitué à la campagne. Il a pu se casser une patte ou être coincé quelque part. Le retrouver peut demander des heures. Il va peut-être mourir de faim. Ou se faire attaquer par un renard. Il est peut-être déjà mort !

Tante Marta va être folle de colère. Il va falloir demander pardon à tout le monde. À la femme du docteur, à Karine, au garçon brun. À Jésus.

Jamais elle ne demandera au garçon de la pardonner. Pas après ce qu'il lui a dit. Elle ne lui avait rien fait. Mais si elle raconte la vérité, personne ne la croira. Ils étaient quatre contre elle et elle sait que ni Sylvia ni Barbro n'hésiteraient à mentir.

Et surtout : elle ne veut pas répéter ce qu'il a dit. À personne. Elle a honte. Même si elle n'y est pour rien, elle a honte.

Elle ne peut pas rentrer.

Il fait suffisamment doux pour dormir dehors. Mais il faut qu'elle trouve quelque chose à manger. Après la tombée de la nuit, elle pourra s'introduire en cachette dans le garde-manger.

Elle a encore le paquet de gâteaux dans sa poche. Ça lui suffira pour la journée. Elle l'ouvre et en mange un. Elle gardera les autres pour plus tard, quand elle aura vraiment faim.

38

Que ça peut être long un jour ! Les heures s'écoulent et le soleil se déplace de l'est de l'île jusqu'en haut du ciel. Il poursuit ensuite son chemin vers l'ouest, si lentement que c'est à peine perceptible.

Steffi a parfois l'impression d'entendre Truffe aboyer, mais ça doit être son imagination qui lui joue des tours parce qu'il reste introuvable. Son ventre gargouille. De temps en temps, elle mange un gâteau pour calmer sa faim.

Il fait chaud. Le soleil cogne et le vent n'apporte aucune fraîcheur. Steffi a soif.

Elle imagine qu'elle a fait naufrage et qu'elle se trouve sur une île déserte. Elle jouait déjà à ce jeu au début de son séjour ici. Mais sur l'île des naufragés, il y a généralement des arbres aux fruits délicieux qui calment à la fois la faim et la soif. Elle décide d'aller cueillir des mûres à l'endroit que Vera lui a montré. Mais c'est encore trop tôt, les ronces sont en fleur.

La crevasse dans le rocher derrière les buissons est profonde. Le soleil n'y pénètre pas.

Steffi s'y glisse avec prudence. À l'intérieur, il fait frais et humide. Elle sent la terre sableuse et douce sous ses pieds.

En avançant, elle entend un petit ruissellement et découvre un filet d'eau qui coule le long de la paroi rocheuse. Elle en recueille un peu dans le creux de ses mains. L'eau a un léger goût de terre et de métal, mais elle n'est pas mauvaise.

La crevasse fait toute la largeur du rocher. Avant d'arriver à l'autre bout, Steffi se retrouve dans une petite grotte où le sol est recouvert d'une fine couche d'herbe. Il y fait frais et c'est agréable.

Steffi se couche par terre. L'herbe lui chatouille les jambes et les bras. Il y règne un grand calme. On n'entend même pas la mer. Le seul bruit est la stridulation entêtée d'une sauterelle.

Elle reste longtemps dans la grotte. Elle dort un peu, réfléchit, grignote un gâteau.

Elle finit par avoir froid. Elle se lève, tout engourdie, et refait le chemin inverse. Elle boit un peu d'eau. Curieusement, elle n'a plus faim. Elle a juste la tête qui tourne.

À l'ouest, le soleil commence à s'approcher de la surface de la mer. À la fin, il descend si vite qu'il s'enfonce dans l'eau à vue d'œil. Le ciel est dégagé et passe par différents tons pastel : rose, violet, bleu, vert. Au moment de disparaître, le soleil s'enveloppe d'une brume nacrée.

L'air se rafraîchit rapidement. Steffi grelotte. Il faut qu'elle trouve quelque chose pour se couvrir. Peut-être y a-t-il une vieille couverture ou un pull dans le hangar à bateaux.

Il commence à faire nuit. Le ciel est bleu sombre sauf à l'ouest où il reste encore un fin rayon de lumière. À l'heure qu'il est, tante Marta a dû se mettre au lit. Elle se couche à dix heures tous les soirs, été comme hiver. Il est possible que les vacanciers soient encore debout, mais Steffi doit prendre ce risque. Elle ne peut plus attendre. Elle a trop faim et trop froid.

Elle longe la mer jusqu'à la maison dont la couleur blanche s'illumine à la lumière du crépuscule. Toutes les fenêtres sont noires, sauf celle de sa chambre. Sven doit être en train de lire dans son lit. Il ne lui prêtera probablement plus jamais de livres.

La porte du garde-manger grince. Elle ramasse vite quelques boîtes de conserve, un pot de confiture et quelques carottes qu'elle fourre dans un sac en papier. « Maintenant je suis une vraie voleuse », se dit-elle.

Il lui faut une bouteille vide pour l'eau. Elle sait qu'il y en a plusieurs sur l'étagère supérieure. Elle monte sur un tabouret mais elle a quand même du mal à les atteindre. Au moment d'en saisir une, elle perd l'équilibre et se rattrape à l'étagère. Elle s'attend à ce que toutes les bouteilles tombent et se brisent par terre.

Elle a de la chance. L'étagère est solide. Après s'être emparée d'une bouteille, elle se dirige sur la pointe des pieds vers la pompe. Il y a de la lumière derrière une des fenêtres de la cave !

Elle n'a pas le choix. Il faut qu'elle passe par là. Le mieux est sans doute de se serrer contre le mur et de passer à quatre pattes sous la fenêtre située à peine à un mètre du sol.

Elle s'accroupit en s'approchant de la fenêtre, mais sa curiosité prend le dessus. Elle veut voir ce qui se passe dans la chambre de la cave.

Tante Marta est assise sur son lit. Elle est en chemise de nuit et ses cheveux sont rassemblés en une longue natte. C'est la première fois que Steffi la voit sans chignon. Sa tête est penchée en avant et on dirait – mais ça semble impossible – on dirait qu'elle pleure.

Steffi tend le cou pour mieux voir. Au même moment, tante Marta lève la tête et regarde par la fenêtre. Steffi se cache, mais c'est trop tard.

– Eh oh ? appelle tante Marta. Qui est là ?

Il est encore temps de se sauver. Steffi peut s'en aller en courant.

– C'est moi, dit Steffi en se redressant.

Tante Marta ne la gronde pas. Elle emmène Steffi dans la cuisine, lui prépare des tartines et du chocolat chaud.

– Mange, dit-elle. Tu dois être affamée.

– J'ai pris de la nourriture dans le garde-manger, murmure Steffi. Le sac est dehors.

– Tu voulais t'en aller ? Pour aller où ?

Steffi ne sait pas quoi dire. Tant de choses se sont passées et elle est si fatiguée.

– Il y avait quelques garçons devant le magasin, commence-t-elle.

– Tu n'as pas besoin de raconter, l'interrompt tante Marta. Je sais ce qui s'est passé.

La gorge de Steffi se serre. Quelqu'un a déjà donné sa version. L'épicier, peut-être ? Ou les parents des deux garçons ? La femme du docteur s'est forcément inquiétée pour Truffe. Dès qu'elle aura fini de manger, elle aura droit à une réprimande. Et demain il va falloir demander pardon.

– Vera a ramené le vélo, explique tante Marta. Vera Hedberg. Elle pensait que tu étais rentrée à pied. Elle m'a tout raconté.

– Truffe, dit Steffi, il a fallu que je le lâche. Je crois… je crois qu'il est mort.

– Mort ? Pas plus que moi. Il est rentré en boitant vers dix heures ce matin. Il est blessé à une patte, mais la femme du docteur dit que ce n'est pas grave.

Steffi éclate en sanglots. Elle pose sa tête sur la table et pleure.

– Je ne te comprends pas, ma fille. Tu pleures parce que le chien n'est pas mort ?

Les mots sont bien ceux de tante Marta, mais sa voix a changé. Elle est plus douce.

– Mimi est morte, sanglote Steffi.

– Allez, mouche-toi. Et explique ce que tu veux dire.

Tante Marta lui tend un mouchoir.

Steffi raconte alors la nuit où les hommes armés sont arrivés. La nuit où ils sont venus chercher son père.

– Ils ont cogné à la porte mais personne n'a ouvert. Ils l'ont alors enfoncée. Ils étaient nombreux. Dix, peut-être. Tous armés de pistolets mais personne n'était en uniforme. Quelques-uns sont entrés dans notre chambre. Ils nous ont dit de nous lever et de sortir dans le couloir. Maman a voulu donner des chaussons à Nelli, mais elle n'a pas eu le droit. On nous a alignés dans le couloir, poursuit Steffi.

Tous les gens qui habitaient dans l'appartement : ma mère, mon père, Nelli et moi, les Goldberg et leur bébé, la vieille madame Silberstein et son fils qui est aveugle, les Reich et leurs trois enfants. Le sol était glacial. Un de ceux qui commandaient passait et repassait devant nous. De temps en temps, il visait l'un d'entre nous avec son pistolet.

– Comment est-ce possible ? s'exclame tante Marta.

Elle semble se poser la question à elle-même plutôt qu'à Steffi.

– Mimi s'est mise à couiner. Elle a peut-être eu peur d'un de leurs chiens. Ils avaient deux gros bergers allemands. « Vous avez un chien ? » ont-ils demandé. « Vous ne savez donc pas que la racaille juive n'a pas le droit aux animaux domestiques ? » « C'est le chien des enfants », a expliqué mon père. Alors ils ont tiré sur Mimi. Elle est tombée, ses pattes se sont agitées, puis elle n'a plus bougé. Il y avait du sang par terre. J'en ai reçu sur mon pied.

– Chère petite, dit tante Marta. Ma chère petite enfant.

Elle caresse la tête de Steffi.

– Va te coucher maintenant, dit-elle. Essaie de dormir. Ici, personne ne te fera de mal.

39

L'odeur de café chatouille le nez de Steffi. Elle ouvre les yeux.

– Eh bien, il est l'heure de se réveiller maintenant ? dit tante Marta. Elle est devant la cuisinière en train de se servir du café. Sa voix est de nouveau sévère.

C'était sans doute un rêve. Il n'est pas possible qu'elle lui ait parlé hier avec autant de douceur. Il n'est pas possible qu'elle lui ait caressé la tête. Steffi a forcément rêvé.

– Je me lève tout de suite, dit-elle.

– C'est ça, dit tante Marta. Et mets une belle robe. On va rendre visite aux estivants de l'épicier.

Ça ne peut signifier qu'une chose : il faudra demander pardon au garçon brun.

– C'est vraiment nécessaire ?

Tante Marta est allée faire les lits dans la pièce à côté et n'entend pas sa question.

Steffi s'habille et mange très lentement sa tartine. Puis elle se coiffe très longuement devant la glace.

– Tu n'es pas bientôt prête ? s'impatiente tante Marta.

– Si, mais je ne trouve pas ma barrette.

Elle sait très bien qu'elle est dans la poche de la robe qu'elle portait la veille.

Tante Marta lui en trouve une autre.

– Tiens, allons-y maintenant, dit-elle.

Sven est devant la maison. Il caresse le chien qui se roule par terre pour se faire gratter le ventre. Il a un pansement à une patte.

– Comment il va ? demande Steffi.

– Pas mal, répond Sven. Sa patte n'est pas cassée, seulement un peu enflée. Il sera bientôt remis.

– Qu'est-ce qui s'est passé ? demande-t-il tout en continuant à caresser Truffe.

– Elle vous l'expliquera plus tard, l'interrompt tante Marta.

Steffi monte sur le porte-bagages, comme le jour de son arrivée sur l'île. Dans le dernier virage avant le magasin, elle aperçoit Vera qui semble les attendre. Elle se joint à tante Marta et à Steffi, et elles font le dernier bout du chemin ensemble.

– Bon, as-tu réfléchi à ce que je t'ai dit ? lui demande tante Marta.

Vera fait oui de la tête.

Au lieu d'entrer dans l'épicerie, tante Marta ouvre le portillon du jardin. Intrigué, l'épicier sort de sa boutique.

– Bonjour, dit-il. Que puis-je pour vous ?

– Bonjour, répond tante Marta. Nous voulons voir les vacanciers.

– Je crois qu'ils sont levés.

– Espérons-le, grommelle tante Marta. Vu l'heure !

Elle entre dans le jardin d'un pas décidé, suivie de Steffi et de Vera. L'épicier suit, lui aussi.

Les vacanciers sont à table en train de prendre leur petit déjeuner. Les deux garçons sont là. Il y a aussi une fille plus jeune. Elle a autant de taches de rousseur que son frère. Le père est un homme costaud, presque chauve. La mère paraît beaucoup plus jeune. Elle a les cheveux blonds et permanentés. Une jeune femme avec un tablier blanc fait le service.

– Veuillez nous excuser, dit l'épicier. Vous avez de la visite.

– Marta Jansson, se présente tante Marta. Voici ma fille adoptive, Stephanie.

– Ah bon ? dit l'homme chauve. Et que voulez-vous ?

– Ça ne peut pas attendre ? demande la femme agacée. Nous déjeunons.

Le garçon brun évite le regard de Steffi. Il mange sa bouillie, les yeux plongés dans son assiette.

– Terminez donc votre repas. Nous ne sommes pas pressées, dit tante Marta.

Sylvia surgit de derrière le magasin. Elle s'accroupit et fait semblant de désherber une plate-bande.

– Trêve de plaisanteries, dit l'homme. Dites ce que vous avez à dire !

– Il s'agit de votre fils, commence tante Marta.

– Ah oui ? De Ragnar ? C'était donc cette fille-là ?

– Oui, murmure le garçon brun sans lever les yeux.

– Ne soyons pas mesquins, dit l'homme. Le pantalon est fichu mais nous ne vous demanderons rien. Il suffit d'une excuse.

– Un pantalon tout neuf ! ronchonne la femme. Et des taches de sang sur la chemise. Cette fille doit avoir des problèmes !

– Si quelqu'un doit présenter ses excuses, dit tante Marta en insistant sur chaque mot, ce n'est certainement pas Stephanie.

– Ah oui ? s'étonne l'homme. Qui alors ?

– Votre fils ne vous a sans doute pas dit pourquoi Stephanie avait agi comme elle l'a fait ? N'est-ce pas ?

– Non, admet l'homme, en faisant un geste énervé de la main comme pour se débarrasser d'une mouche.

– Je vais vous le dire, poursuit tante Marta. Si elle l'a frappé c'est parce qu'il l'a appelée « sale Juive ». Il lui a aussi dit que les Allemands allaient venir s'occuper d'elle.

L'homme rougit. Il tape du poing sur la table avec une telle force que les tasses sont sur le point de se renverser.

– C'est vrai ? demande-t-il à son fils.

– Non, elle ment. N'est-ce pas, Gunnar ?

– Moi, je n'ai rien entendu, répond son frère en haussant les épaules.

– Voyez-vous ça ! s'exclame tante Marta. Je croyais que les gens bien élevés étaient des gens honnêtes.

– Parole contre parole, dit l'homme. Votre fille adoptive s'est peut-être trouvé une excuse a posteriori.

– Vera, dit tante Marta. Qui dit la vérité, Steffi ou le garçon ?

– Steffi, répond Vera. Et il a donné un coup de

pied au chien du docteur, ajoute-t-elle d'une voix à peine audible.

– Vera est venue me retrouver hier après-midi pour me raconter ce qui s'était passé, dit tante Marta. Je n'avais pas encore parlé avec Steffi qui n'était pas rentrée. Elle m'a aussi appris un tas de choses que j'ignorais. Mais nous en parlerons plus tard, dit-elle en regardant l'épicier et Sylvia.

– Ragnar, dit l'homme. Est-ce la vérité ?

– Oui, tu nous as bien dit que… essaie le garçon brun.

– Tais-toi ! rugit son père.

– Personne, dit tante Marta, personne n'a le droit de dire des choses pareilles à ma fille. Qu'il soit de bonne famille ou non. Il n'y aura pas d'excuses de notre part. Mais nous allons rembourser le pantalon. Je vous dois combien ?

– Ce n'est pas nécessaire, dit l'homme en faisant un geste de refus.

Son visage est maintenant rouge écarlate.

– Neuf soixante-quinze, dit la femme.

Tante Marta ouvre son porte-monnaie et sort un billet de dix qu'elle pose sur le bord de la table.

– Gardez la monnaie, dit-elle. Viens, Steffi.

« Ma fille ». Elle a dit « ma fille » ! Comme si Steffi était sa propre enfant.

40

Steffi et Vera sont allongées sur les rochers à côté de la petite crique. Steffi a mis son nouveau maillot rouge, Vera son vert. Elles viennent de se baigner.

Elles sont couchées sur le dos, les bras le long du corps, très près l'une de l'autre. Le rocher chauffé par le soleil leur communique sa chaleur. Les mèches sombres de Steffi se mélangent avec les cheveux roux de Vera. Des gouttes d'eau brillent sur leur peau nue.

Steffi n'a jamais été aussi bronzée, dorée comme du pain d'épice, dit tante Marta. Vera, elle, ne bronze pas. Au début de l'été elle était rose, maintenant sa peau est couverte de petites taches de rousseur.

– Ça sera triste cet automne quand tu iras au lycée, dit Vera. Mais je suis contente pour toi, se dépêche-t-elle d'ajouter.

– Je rentrerai pour les vacances. Et parfois le week-end.

Ils ont changé d'avis ! Steffi n'arrive toujours pas à y croire. C'est grâce à la femme du docteur.

Lorsque Steffi est allée rendre la première pile de livres que Sven lui avait prêtée, c'est elle qui l'a reçue. Elle a fait entrer Steffi dans la salle et lui a posé des questions sur les livres et sur l'école.

Quelques jours plus tard, elle les a invitées, elle et tante Marta, à prendre le café. Tante Marta a d'abord fait des manières, mais a fini par accepter d'y aller.

La femme du docteur a dit que Steffi était douée et qu'il fallait qu'elle aille au lycée. Tante Marta a répondu qu'elle en était consciente mais qu'ils n'avaient pas les moyens de la mettre en pension. D'autant plus qu'il faudrait aussi prévoir les fournitures scolaires et les livres.

La femme du docteur a expliqué qu'il y aurait une chambre disponible chez eux à Göteborg, tout près du lycée pour filles, à partir du mois d'août, après le mariage de Karine. Steffi pourrait en disposer si elle le souhaitait. Gratuitement. Il faudrait juste payer les repas. Quant aux autres frais, il y avait des bourses prévues à cet effet.

Tante Marta a remercié en disant qu'elle avait besoin de réfléchir. Elle voulait aussi en parler avec oncle Evert.

Au cours de la semaine qui a suivi, Steffi s'est efforcée d'être encore plus gentille et serviable que d'habitude. C'est peut-être ce qui a fini par les décider : ils ont dit oui !

La femme du docteur, qui connaissait le directeur du lycée, s'est chargée d'inscrire Steffi, bien que la date soit dépassée. Sa maîtresse lui a de nouveau prêté le livre de maths pour qu'elle puisse préparer la rentrée. Elle lui a même proposé de lui donner un coup de main, en cas de besoin.

– Imagine que tu te retrouves dans la même classe que Sylvia, dit Vera.

– Ça m'est égal.

Après ce qui s'est passé dans le jardin de l'épicier, la méchanceté de Sylvia ne peut plus l'atteindre.

– Tu as raison, en ville, elle ne sera sûrement plus le chef, dit Vera.

Elle reste silencieuse un bon moment avant d'ajouter :

– Et toi, tu auras de nouvelles amies. Des filles de la ville.

– J'espère, répond Steffi. Mais tu seras toujours ma meilleure amie.

Son cœur se serre. Ça fait des semaines qu'elle n'a pas écrit à Evi.

– Toi et Evi, rectifie-t-elle.

– C'est qui, Evi ?

– C'est ma meilleure amie à Vienne. On se connaît depuis la première année d'école. On était toujours assises l'une à côté de l'autre.

– Elle te manque ?

– Oui, parfois.

– Et tes parents ?

– Oui.

– Mon père aussi me manque, dit Vera.

Le père de Vera s'est noyé avant sa naissance. Ses parents n'avaient même pas eu le temps de se marier.

– Ça fait drôle de penser à mes parents, à Evi et à tous les autres à Vienne, dit Steffi. J'ai du mal à imaginer qu'ils vivent et marchent dans les rues là-bas pendant que je suis ici.

– Tu aurais préféré être là-bas ?

– J'aurais plutôt voulu qu'ils soient ici.

– Ils ne peuvent pas venir ?

– Je ne sais pas. La femme du docteur a promis d'écrire à quelqu'un qui pourrait nous aider.

Il fait très chaud. La clarté est aveuglante. Steffi ferme les yeux et voit le sang rouge à l'intérieur de ses paupières.

– Viens, on se baigne, dit-elle.

L'eau est si transparente que l'on voit le fond. Steffi ramasse une algue qui flotte près du bord et appuie sur une des bulles verdâtres qui éclate en faisant un petit bruit.

– Peureuse ou courageuse ? demande Vera.

– Courageuse, dit Steffi.

Les deux amies montent en haut d'un rocher et scrutent la surface de l'eau. Il ne faudra pas sauter sur une méduse. Steffi l'a déjà fait et elle s'est retrouvée le torse et les bras couverts de petites brûlures rouges.

À droite du rocher, elles découvrent une grosse méduse orange ballottée par les vagues.

– Il faut sauter vers la gauche, dit Vera. Les filaments peuvent être longs.

– Preums, dit Steffi.

Elle respire profondément et se bouche le nez. Elle prend son élan et saute.

Les yeux ouverts, elle s'enfonce dans les profondeurs vertes et brillantes. Elle reste un instant en apesanteur avant de remonter à la surface, juste à temps pour voir Vera sauter.

L'été est chaud. L'eau est si bonne qu'on peut y passer des heures.

Elles s'amusent un moment à plonger pour ramasser des cailloux. En remontant, Steffi s'écorche le genou sur un coquillage accroché à un rocher. Ça saigne un peu.

Steffi regarde ses jambes et constate qu'elles sont couvertes de bleus, d'égratignures et de piqûres de moustique. Elle a de la corne sous les pieds à force de marcher sans chaussures. Elle a vraiment changé depuis son arrivée sur l'île il y a un an.

Les deux filles se sèchent au soleil avant de se rhabiller. La peau dorée de Steffi est recouverte d'une fine pellicule blanche. Elle lèche son bras. Ça a un goût de sel.

Nelli et Sonja pataugent près du bord.

– Hé Steffi ! crie Nelli. Regarde-moi quand je nage !

Nelli a appris à nager cet été. Elle glisse dans l'eau tantôt sur le dos tantôt sur le ventre comme un petit dauphin dodu.

Les vélos sont rangés en haut de la plage. Celui de Steffi est rouge et brille au soleil, comme le jour de ses treize ans il y a quelques semaines. Elle l'a trouvé à son réveil devant la porte de la cave. Un vélo rien que pour elle !

En arrivant à la grande route, Vera propose qu'elles aillent toutes les deux chez Steffi pour s'aider mutuellement à se rincer les cheveux sous la pompe.

Elles traversent le petit bois broussailleux et montent ensuite la longue côte. Steffi s'arrête au sommet.

– Pourquoi tu t'arrêtes toujours à cet endroit-là ? demande Vera.

Steffi ne répond pas. Elle regarde la mer qui se fond dans le ciel à l'ouest. Au-delà de l'horizon, il y a d'autres rivages. L'année prochaine, à Pâques, elle verra de nouveau les feux sur les îles alentour qu'elle ne discerne pas maintenant, même par temps clair. Mais ces îles existent, comme le continent existe.

L'Amérique est une sorte de mirage de l'autre côté de l'Atlantique. Tout près, il y a la Norvège, occupée par les Allemands. Plus loin, trop loin, se trouvent Vienne, ses parents et Evi. Tante Marta, oncle Evert, la femme du docteur et Sven sont dans la maison en bas de la côte. Et Vera est là, juste à côté d'elle.

Elle n'est pas au bout du monde. Elle est sur une île en pleine mer, mais elle n'est pas seule.

– Viens, Vera. La première en bas a gagné !

Collection Romans

Niveau de lecture : CM-6^{e}

Je ne suis pas une fille à papa
texte de Christophe Honoré
illustrations d'Antoine Guilloppé

Lucie a deux mamans. Deux mamans qui s'aiment... Elles ont décidé de révéler à Lucie qui est sa vraie mère. Mais Lucie ne veut pas le savoir.

Mon maître ne ressemble à rien
texte de Sylvie Chausse
illustrations d'Antonin Louchard

Le journal désopilant du quotidien d'une classe de CM2, raconté par les acteurs eux-mêmes... Première de la classe, gros dur ou triplant, ils racontent, à leur manière, la cantine, la visite de l'inspecteur...

Y en a qui disent du mal du maître
texte de Sylvie Chausse
illustrations d'Antonin Louchard

Suite des aventures de la classe de CM2 : la collecte des flacons d'urine, la sortie en car, la séance de cinéma, l'arrivée en classe d'une nouvelle... Le maître est parfois dépassé par les événements.

Le maître se met au vert
texte de Sylvie Chausse
illustrations d'Antonin Louchard

Où l'on retrouve notre classe de CM2, en partance pour une classe verte. Tous nous racontent leur séjour avec un sérieux hilarant : le départ en car et son cortège d'anecdotes, de sacs de vomi, de pique-niques ratés ! Les balades en forêt, le bal costumé et les batailles de polochons !

Papa est à la maison
de Mikaël Ollivier

L'univers d'Élodie s'écroule le jour où elle apprend que son père est au chômage. Elle est alors partagée entre l'angoisse et le bonheur de se rapprocher de son père. Cette période de chômage changera définitivement la vie de famille et les rôles de chacun...

Tu sais quoi ?
de Mikaël Ollivier

Sa vie, Daphné a tendance à l'inventer en fonction de son auditoire. Surtout quand sa famille déménage dans une résidence chic de la banlieue parisienne. À chacun de ses voisins, elle raconte des mensonges différents... Le tout est de ne pas s'y perdre !

Quelques Heures de folie dans la vie de Barnabé Rosenthal
de Hubert Ben Kemoun

Qui ne s'est jamais senti abandonné ? Trahi ? Perdu ? Qui n'a jamais joué à se faire peur ? Mais voilà que pour Barnabé, fils du grand artiste international Till Rosenthal, « le jeu » va transformer sa journée en une effroyable et terrible expérience. Celle qui mène de l'autre côté, celui de la folie.

Niveau de lecture : collège

Ésie-la-bête
de Rose-Claire Labalestra

Élisabeth, onze ans, vit une situation difficile : ses parents sont handicapés mentaux. En grandissant, l'amour de ses parents et l'affection de ses éducateurs ne lui suffisent plus pour assumer cette situation. Elle sent qu'elle doit prendre ses distances...

Celui qui n'était pas encore le Che
de Christian Moire

En 1951 Ernesto Guevara, encore étudiant, part en moto avec un ami à travers l'Amérique du Sud. Une virée cocasse mais aussi un voyage initiatique. Ce roman mêle fiction et réalité et tente de dresser un portrait de cet étudiant qui deviendra un grand révolutionnaire.

Édouard et Julie c'est pour la vie
de Jeanne Benameur et Alain Korkos

Deux récits, deux écritures pour une même histoire d'amour. Édouard, le pas très beau, aime Julie aux yeux bleus. Rentré de ses vacances en Martinique dans sa famille, Édouard trouve une cruelle lettre de rupture écrite par Julie, restée à Paris. Qu'a donc vécu Julie cet été-là ?...

Si même les arbres meurent
de Jeanne Benameur

Dans un couloir d'hôpital, un frère et une sœur attendent... Leur père est dans le coma, entre la vie et la mort. Leur mère est tout entière à sa douleur. L'issue de cette attente insupportable leur apprendra que seul l'amour ne meurt jamais.

L'Inde de Naïta
de Patrice Favaro

Naïta se rend en Inde, retrouver son père qui organise des treks et aide des Tibétains en exil. L'amitié d'un jeune réfugié et la rencontre avec un moine tibétain lui permettront de porter un autre regard sur la vie.

La Vie, en gros
de Mikaël Ollivier

Obésité de catégorie 2... Des mots bien sérieux pour décrire ce qui, chez Benjamin, semblait simplement le signe d'une certaine joie de vivre... Sport, boums, régime... rien n'est simple quand on est gros et que l'on redoute le regard des autres. Et si en plus l'amour s'en mêle !

Fugue en mineure
de Rachel Hausfater-Douïeb

Jeanne a seize ans et demi, porte des jeans et de longues jupes fleuries. Elle veut qu'on l'appelle Jane. En ce début des années soixante-dix, la musique et les livres lui parlent d'une Amérique hippie, où soufflerait un vent de révolte et de liberté. Alors Jane s'enfuit en Californie, affronter son rêve...

Comme un gitan

de Erik Poulet

À dix-huit ans, Matéo sait qu'être le fils d'une *gadjo*, c'est porter les valises du diable. D'un camp gitan à l'autre... Matéo n'a aucun des traits de son père. Un déshonneur qui provoque son exclusion de la communauté.

Au clair de la Louna

de Kochka

Michka et sa cousine Louna ont le même âge mais ne se sont jamais vues. Louna est autiste. Michka rêve de rencontrer sa cousine sans toutefois imaginer combien la rencontre peut être éprouvante. Il faudra deux années à Michka pour accepter de refaire un bout de route avec Louna, tantôt si proche et tantôt si lointaine...

Avec ou sans celte ?

de Yann Mens

Erwan vit dans un village breton sans histoire. Grâce à un manuscrit, les habitants apprennent que leurs ancêtres étaient de redoutables guerriers celtes. Il n'en faut pas plus pour ranimer la fibre celtique d'une partie de la population. Mais le délire patriotique pourrait mal tourner...

Opération chenille

de Stéphane Daniel

Londres, 1947. Au conflit mondial qui s'achève succède une autre guerre, secrète, que se livrent les récents ennemis et les alliés d'hier. Décidée à faire face à ces nouveaux dangers, Jade rêve d'intégrer les services secrets britanniques. Elle a été formée pour cela par son oncle Baltimore...

Opération cobra

de Stéphane Daniel

Des agents secrets nazis, restés en Grande-Bretagne après la Seconde Guerre mondiale, tentent de semer la terreur dans Londres. Ils se heurtent à la Fog Company du colonel Baltimore Meeks : une cellule de contre-espionnage dont Jade, sa nièce, est le fer de lance. Cette fois-ci le temps est compté : il s'agit de neutraliser une bombe qui doit détruire le carrosse de la reine d'Angleterre en route vers son couronnement.

Opération corbeau

de Stéphane Daniel

Trois ingénieurs du département recherches de l'usine d'engrais chimiques Stanford disparaissent mystérieusement en l'espace de quelques mois. Ont-ils été éliminés parce qu'ils en savaient trop... ou qu'ils refusaient de coopérer ? La Fog Company, cellule de contre-espionnage du colonel Baltimore Meeks, est décidée à mener l'enquête.

C'est la règle

de Gisèle Pineau

Stéphane a du mal à admettre le divorce de ses parents. Malgré la promesse que rien ne changera, il sait bien que tout va changer. On l'a prévenu : les femmes divorcées se remarient, un jour ou l'autre ! Et quand sa mère lui présente Denis (ou plutôt Denis et sa fille Gina), ce qui bouleverse le plus Stéphane, c'est qu'il est antillais, donc noir...

La Boutique Jaune

de Jeanne Benameur

Marion, quatorze ans, fille unique, vient d'emménager. Dans la rue, La Boutique Jaune, une très vieille boutique fermée depuis longtemps, l'attire, la fascine. Adalbert Lecœur, le vieux voisin anarchiste et brocanteur, lui confie l'histoire bouleversante des anciennes propriétaires...

Folle

de Bernard Friot

Depuis des semaines, la mère de Franck pleure tout le temps, ne prononce plus un mot. Quand elle part pour l'hôpital psychiatrique, Franck la raie de son existence, refusant d'aller la voir, de lui téléphoner. Pourtant il faudra bien qu'il l'admette : sa mère lui manque terriblement, et la maladie se soigne.

Kidnapping

de Jean-Marie Firdion

Cloîtré à la maison pour un banal mal de ventre, Benjamin est seul. Des cambrioleurs débarquent, persuadés d'être tranquilles. Tout s'emballe : kidnapping improvisé, demande de rançon... Benjamin bascule dans un véritable cauchemar. Lorsqu'il est libéré, tout pourrait redevenir normal. Mais non, Benjamin n'arrive plus à dormir, ne veut pas retourner au collège... Que faire de cette souffrance que personne n'entend ?

Le Transfo

de Sylvie Deshors

Installé sur le toit du transformateur, Bô dessine, loin de l'agitation de la ville. Car Bô est sourd. Un jour, il trouve son refuge squatté par Angela, cible désignée d'une bande de garçons qui s'acharne contre elle au collège.

Une île trop loin

de Annika Thor

Victimes des persécutions nazies contre les Juifs à Vienne, les parents de Steffi et de Nelli ont décidé de les envoyer en Suède, à l'abri. Les deux sœurs se retrouvent perdues sur une île au climat rude. Le temps passe, les nouvelles de Vienne se font rares. Et si les deux sœurs ne revoyaient plus jamais leurs parents ? Steffi ne peut l'imaginer...

Niveau de lecture : 3e et plus

Des barreaux plein les yeux
de Marc Cantin

Marie est en prison. Le juge des enfants veut comprendre comment la vie de cette adolescente sans histoire a basculé. Il l'apprivoisera. Elle lui racontera Jérôme, ce garçon plus âgé, leur cavale et sa trahison. Elle lui dira comment on peut vouloir tuer par amour, à treize ans.

L'Amour en chaussettes
de Gudule

Delphine est amoureuse de son prof d'arts plastiques qui leur a fait un cours décoiffant sur le préservatif. Quand elle comprendra que rien n'est possible avec lui, elle trouvera refuge dans les bras d'Arthur avec qui elle vivra sa première expérience sexuelle...

La Danse interdite
de Rachel Hausfater-Douïeb

Perla et Wladek s'aiment. Tous les deux sont polonais mais elle est juive, pas lui. On les sépare. Perla est envoyée aux États-Unis rejoindre son père. Plus tard, elle retourne en Pologne au moment où les Allemands envahissent le pays...

Un jour avec Lola
de Jean-Paul Nozière

Lola joue à remplacer sa mère partie depuis deux ans. Elle emprunte sa garde-robe et mime ses attitudes auprès de son père qu'elle vénère par-dessus tout. Ses allures de femme-enfant préoccupent les services sociaux.

Le Goût de la mangue
de Catherine Missonnier

Madagascar, 1956. Anna se sent mal intégrée dans le cercle privilégié de la jeunesse blanche de l'île, en cette fin de domination coloniale. Avec la rencontre de Léon, les tensions indépendantistes vont faire irruption dans le quotidien de l'adolescente.

Acte II
de Michel Le Bourhis

L'année de la seconde scelle pour Vincent l'adieu à l'enfance : premiers émois, premiers embrasements aussi pour les mots lus ou écrits. Ceux-là mêmes qui poussent son professeur de lettres à quitter l'enseignement pour se lancer dans le théâtre professionnel.

Série noire sur le *Chérie Noire*
de Jean-Paul Nozière

Sur son pauvre rafiot, Philémon Frigo cherche un sujet pour son prochain livre. Pressé par son éditeur, il promet d'écrire en trois semaines la biographie romancée de Jean Philibert Loca, légende vivante de la littérature. Et vogue la galère, sur laquelle l'accompagne Souad, la belle secrétaire touareg...

Vers des jours meilleurs

de Marc Cantin

Zack a seize ans et fume de l'herbe, régulièrement. Il aimerait faire partager à Maïa ces moments où il plane. Il espère que ça les aidera à franchir le pas... à faire l'amour pour la première fois. Un jour on lui propose de passer à autre chose. Des ecstasys d'abord et un peu de cocaïne, en cadeau...

L'Ogre blanc

de Jean-François Chabas

Noraughengi est un géant. Un sommet, quelque part en Asie, que tous les grands alpinistes rêvent de gravir. Nombreux sont ceux qui y ont laissé la vie... Un jour, Aram décide de tenter la conquête du monstre. Son frère Pietr refuse de le laisser partir seul.

Pouvoir se taire, et encore

de Marie-Sophie Vermot

À quel moment peut-on dire que Dina a basculé vers l'anorexie ? Quel a été le déclic ? Est-ce l'opération chirurgicale qui a transformé son visage qu'elle ne reconnaît plus ? Sa première grande déception sentimentale, juste après avoir fait l'amour pour la première fois ? L'attitude de sa mère ? Un peu tout cela ?

Star-Crossed Lovers

de Mikaël Ollivier

Une usine qui ferme, une grève qui éclate, une ville qui s'embrase, et deux adolescents qui s'aiment d'autant plus passionnément que tout et tous semblent vouloir les séparer. Ce n'est pas pour rien que le titre de ce roman est emprunté au *Roméo et Juliette* de Shakespeare. Car Guillaume, le fils du patron de l'usine, et Clara, la fille de son délégué syndical, sont aussi, à leur manière, des *star-crossed lovers*, des amants maudits par les étoiles.

La Saison des chamailles

de Véronique M. Le Normand

Ce qui compte le plus pour Lily, c'est la bande de copains, les rendez-vous dans les cafés, les discussions interminables et essentielles. Et aussi son amitié avec Florian. L'alter ego, le confident, le frère, l'ami, l'indispensable... En le perdant, Lily va brusquement mesurer son attachement à Florian : et si c'était lui, l'amoureux qu'elle cherche en vain ?

Retour à Douala

de Marie-Félicité Ebokéa

Charlotte est une jeune neurologue brillante. Camerounaise, elle a quitté Douala pour faire ses études en France et n'y est jamais retournée depuis. À la mort de sa grand-mère dont elle était très proche, Charlotte rentre au Cameroun de toute urgence. Le corps de sa grand-mère a disparu, volé. Devant la mollesse de la police locale, Charlotte décide de mener son enquête.

À-Pic

de Frank Secka

Dans un séjour aux sports d'hiver, il n'y a pas que le ski. Surtout quand on est le plus jeune du groupe et qu'on découvre tout de l'autre. On apprend vite que dans les paroles, en pensées, entre les corps aussi, on peut s'aventurer hors piste. Des avalanches que l'on déclenche alors, on se relève un peu sonné, un peu plus vieux, un peu plus riche. Plus fort aussi, plus libre. Peut-être différent.

Brooklyn Babies

de Janet McDonald

À seize ans, Raven est déjà maman. Fini ses rêves d'études universitaires qui l'emmèneraient loin de la cité new-yorkaise où elle vit chez sa mère. Baissera-t-elle les bras comme sa meilleure amie Aïcha, elle aussi fille mère, qui lui conseille de vivre d'allocations et de se la couler douce ? Ou s'accrochera-t-elle à ses rêves ?

Le garçon qui aimait les bébés

de Rachel Hausfater-Douïeb

Martin aime les bébés. Depuis toujours. Lorsque Louise, son amie, tombe enceinte, elle le vit comme une catastrophe. Mais pour Martin, c'est différent. Cet enfant, même s'il ne l'a pas fait exprès, il l'aime déjà, il l'attend, et fera tout pour le garder.

CET OUVRAGE A ÉTÉ ACHEVÉ D'IMPRIMER
AU BOUT DU MONDE POUR LE COMPTE
DES ÉDITIONS THIERRY MAGNIER PAR
L'IMPRIMERIE RECTO-VERSO À 91 ÉTAMPES
EN MARS 2003 DÉPÔT LÉGAL : AVRIL 2003

Imprimé en France